Sylvie Desrosiers • Das lange Schweigen

cbt

Foto: © Céline Lalonde

DIE AUTORIN

Sylvie Desrosiers ist eine in Kanada sehr bekannte Autorin, die für Kinder und Erwachsene schreibt und beim Fernsehen arbeitet. »Das lange Schweigen« ist ihr erster ins Deutsche übersetzte Roman.

»Ein bewegendes, psychologisch wertvolles Buch über den Abschied eines geliebten Menschen.«

Bravo

Sylvie Desrosiers

Das lange Schweigen

Aus dem kanadischen Französisch
von Brigitte Uppenbrink

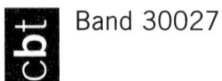

Band 30027   cbt – C. Bertelsmann Taschenbuch
Der Taschenbuchverlag für Jugendliche
Verlagsgruppe Random House
München Berlin Frankfurt Wien Zürich

www.cbt.de

Für Thomas

Umwelthinweis:
Dieses Buch wurde auf chlorfrei gebleichtem
Papier gedruckt.

Erstmals als cbt Taschenbuch August 2002
Gesetzt nach den Regeln der Rechtschreibreform
© 1999 für die deutschsprachige Ausgabe
bei Patmos Verlag, Düsseldorf
© 1996 der Originalausgabe
Les éditions de la courte échelle inc.
Die Originalausgabe erschien unter dem Titel
»Le long silence«
bei Les éditions de la courte échelle inc.
Alle Rechte dieser Ausgabe vorbehalten durch
cbt/C. Bertelsmann Jugendbuch Verlag, München
in der Verlagsgruppe Random House GmbH
Übersetzung: Brigitte Uppenbrink
Umschlagbild: Zefa, Düsseldorf
Umschlagkonzeption:
init. büro für gestaltung, Bielefeld
Satz: Fotosatz Moers, Mönchengladbach
Druck: Clausen & Bosse, Leck
ISBN 3-570-**30027**-7
Printed in Germany

10   9   8   7   6   5   4   3   2   1

Inhalt

Dreizehn Uhr
7

Dreizehn Uhr zehn
22

Dreizehn Uhr zwanzig
36

Dreizehn Uhr dreißig
52

Dreizehn Uhr vierzig
68

Dreizehn Uhr fünfzig
81

Vierzehn Uhr zehn
91

Dreizehn Uhr

Die Kindheit

Sie ließen mich vor allen anderen Besuchern ein. Zuerst sollte ich später wiederkommen. Aber als ich meinen bittenden Hundeblick aufsetzte, der die Herzen aller Großmütter dahinschmelzen lässt, durfte ich mich doch zu dir setzen, auch wenn ich nicht zur Familie gehöre. Im Grunde bin ich mehr: Ich bin dein bester Freund.
Du siehst anders aus. Wenn ich dich nicht kennen würde, wäre wohl mein erster Gedanke: »Hübsch, aber sicherlich unzugänglich.« Genau das würde ich denken. Aber ich kenne dich. – Und vielleicht ist es nur der Schleier vor meinen Augen, der mich dich so sehen lässt.
Auch als ich dich zum ersten Mal sah, fand ich dich unmöglich. Erinnerst du dich daran, Alice? Alice! Damals hast du deinen Namen gehasst. Alle riefen dir nach: »Alice hat immer Schiss.« Deine Eltern dachten an *Alice im Wunderland*, als sie dir den Namen gaben. Aber für dich wurde daraus schnell *Alice im Alptraumland*. Es stimmt, dass der Name entsetzlich altmodisch klingt; deine Urgroßmutter könnte so geheißen haben. Aber, was willst du: Eltern wollen immer nur das Beste. Zum Glück! Sonst wäre die Welt viel zu hässlich, um in ihr zu leben…
Das erste Mal habe ich dich bei deinen Eltern gesehen. Meine Mutter war bei deiner zu Besuch. Sie waren dicke

Freundinnen, unsere Mütter. Ihr wart gerade aus Toronto zurückgekommen, wo ihr wegen des Berufs deines Vaters zehn Jahre gewohnt hattet.

Ich weiß, dass wir uns schon früher begegnet sind, aber ich war zu klein, ich kann mich nicht daran erinnern. An dieses Mal aber schon! Auch wenn ich gerade mal fünf Jahre alt war. Du sechs. Das ist jetzt elf Jahre her.

Es war im Sommer. Ihr hattet ein riesiges, neues Haus in einem Vorort. Wir lebten in der Stadt, in einer großen Etagenwohnung in Rosemont, nicht teuer und etwas heruntergekommen. Aber das ist mir erst später bewusst geworden. Für ein Kind macht es keinen Unterschied, ob die Dielen krumm oder gerade sind. Dielen sind Dielen.

Ihr hattet ein richtiges Schwimmbad mit eingelassenem Becken. Für mich der Inbegriff des Reichtums. Es war sehr heiß und sehr sonnig; der nächste Baum war ein paar Straßenecken weiter. Im Hof gab es eine Schaukel, die Luxusausführung mit Rutsche und Reckstange. An das Innere des Hauses kann ich mich nicht erinnern. Nicht ein bisschen. Verständlich, denn wir verbrachten unsere Zeit im Wasser. Du konntest schwimmen. Ich werde mich immer an diesen Tag erinnern, weil ich zum ersten Mal in meinem Leben ausgelacht worden bin. Na ja, sicherlich ist mir das öfter passiert, als ich klein war, seit ich mit weißlicher Schmiere bedeckt aus dem Bauch meiner Mutter gekommen bin.

Jedenfalls muss meine Mutter immer noch lachen, wenn sie die Fotos von mir hervorholt. Wie ich zum ersten Mal Karotten esse und sie mir bis in die Haare schmiere, wie ich beim Pipimachen das Gesicht meines Vaters treffe, eine

Unmenge Fotos von ähnlichen kleinen Vorfällen, über die nur Eltern lachen können.
Ich glaube, meine Mutter sehnt sich nach der Zeit zurück, als ich klein war, als sie mit mir anstellen konnte, was sie wollte; als ich noch ganz von meinen Eltern abhängig war, sie mich abküssen konnten, ohne wegen Verführung Minderjähriger verfolgt zu werden. Weißt du, unsere Eltern beklagen sich später über uns, weil sie uns von klein auf kennen. Ganz einfach, weil wir uns von ihnen abnabeln. Es hat gar nichts damit zu tun, was wirklich aus uns geworden ist.
Bei dir wird es genauso sein. Ich meine, sie sehnen sich sicherlich nach der Zeit zurück, als sie dich wie eine Puppe anziehen konnten, Kleidchen und Hütchen aus demselben Stoff. Man kann nicht gerade behaupten, dass du dich so kleidest, wie eine Mutter es sich für ihre Tochter erträumt. Von weitem ist es nahezu unmöglich zu erraten, dass du ein Mädchen bist. Aus der Nähe ist es kaum zu übersehen, bei deinem großen Busen. Obwohl du es immer hervorragend verstanden hast, ihn unter Männerpullovern der Größe XL zu verbergen.
Als ich dich also das erste Mal sah, hattest du einen neonfarbenen Badeanzug an, gelb-orange und limettengrün. In den Vororten gerade sehr in Mode. Große Klasse! Du hattest lange, staksige Beine, zwei halb aufgelöste Zöpfe und dir fehlten die zwei mittleren Schneidezähne: Du sahst wirklich verboten aus.
Auf Anweisung deiner Mutter hast du mich zum Schwimmbecken geschleppt, und da habe ich erfahren, was es heißt, sich zu schämen:

Ich musste Baby-Schwimmflügel anziehen, denn ich konnte nicht schwimmen. Ich habe einen meiner Tobsuchtsanfälle bekommen! Ich glaube, meine Mutter hätte mich am liebsten eigenhändig ertränkt, so peinlich war ihr das. Ein Junge, auch ein kleiner Junge, hat seinen Stolz! Wenn man von einer zahnlosen Göre lächerlich gemacht wird, trifft einen das hart, auch mit fünf Jahren.

Seltsam, wie wenig man sich an seine Kindheit erinnert. Das ist traurig. Erinnerst du dich an meinen Hund Poppy? Ich bekam ihn geschenkt, als ich ein Jahr alt war. Ich hatte ihn sieben Jahre. Angeblich unternahm ich nichts ohne meinen Hund. Ich verdanke ihm mindestens tausend Schrammen an den Knien, die ich mir holte, wenn ich mit ihm in unserer Gasse herumtobte.

Wenn ich woanders schlief, zum Beispiel bei meiner Großmutter – ich hasste das, musste mich ständig übergeben, traute mich aber nicht, Nein zu sagen –, verweigerte Poppy die Nahrung. Er verkroch sich unter meinem Bett, bis ich zurückkam. Sieben Jahre lang war ich alles für ihn und kann mich doch fast nicht an ihn erinnern. Ganz schön blöd. Aber manchmal kann es auch gut sein, wenn man seine Kindheit vergisst…

Zum Glück habe ich Fotos von Poppy. Ein schöner, kleiner schwarzer Hund mit großen Ohren. Auf einem Foto bist du, zusammen mit mir. Wir stehen rechts und links von Poppy und streicheln seinen Kopf. Du musst sechs Jahre alt sein. Du trägst einen quer gestreiften Pullover und deine engen Shorts betonen deinen dicken Bauch. Außerdem hast du abstehende Ohren. Offen gestanden, nichts auf diesem Foto lässt darauf schließen, dass aus dir einmal ein schönes Mädchen werden wird. Ein superschönes Mädchen.

Das Leben ist dumm, oder?

Da liegst du nun, vollkommen erschöpft, und trotzdem schön. Ich bin bei dir, erfreue mich blühender Gesundheit und meine Pickel sind auch voll aufgeblüht… Die Mädchen sagen mir, dass ich schöne Augen habe. Im Klartext heißt das: Ich kann mich glücklich schätzen, wenigstens das zu haben, denn alles andere…

Heute Vormittag sind meine schönen Augen nicht ganz so schön. Etwas zu verquollen, etwas zu gerötet, um ein Mädchen zu bezaubern. Es ist schon witzig, ich sage das mit einem Seufzer, als ob ich jeden Tag den Mädchen hinterrennen würde. Ausgerechnet ich, der ich schon Schwierigkeiten habe, auch nur dem Schatten eines Mädchens nachzustellen. Aber was soll's!

Einen Augenblick! Ich muss mir die Nase putzen, mindestens zum tausendsten Mal heute.

Als ich gestern Abend erfuhr, was dir passiert ist, habe ich die Fotos hervorgeholt und alle herausgesucht, auf denen du zu sehen bist. Seltsam, wie man reagiert. Aber ich konnte einfach nicht anders. Einige habe ich mitgebracht. Zum Glück hat meine Mutter eine Foto-Manie. Sie ist unser Gedächtnis.

Sieh mal, dieses Foto ist bei dir zu Hause gemacht, in eurem großen, grauen Haus. Bevor dein Vater sich verspekuliert und alles verloren hat. Wir stehen an dem Absperrseil, das vor das Wohnzimmer gespannt war. Wirklich idiotisch: eine goldene Kordel, um die Kinder daran zu hindern hineinzugehen. Wenn ich bedenke, dass ich beeindruckt war! Rotsamtene Sessel, grünsamtene Vorhänge, goldene Fransen, in meinen Augen eine Einrichtung wie in einem Schloss! Deine Mutter war tatsächlich eine Art Königin: die Königin des schlechten Geschmacks, denn es war alles abgrundhässlich.

Du hast krumme Beine. Aber du hast schon die schönen langen Haare, die alle Jungen im Collège ins Schwärmen gebracht haben. Du lächelst und das tust du selten! Normalerweise schaust du eher etwas dümmlich aus der Wäsche.

Das hier ist mein Lieblingsfoto. Es wurde in der Gasse hinter unserm Haus aufgenommen. Im Hintergrund ein Wellblechschuppen. Schmutzig wie wir sind, sehen wir richtig arm aus. Ich war arm. Du bist es geworden. Aber erst eine ganze Zeit später.

Ein steiler Abstieg, oder? Warst du es doch gewohnt, immer alles zu bekommen, was du wolltest...

Bei euch hatte jeder sein eigenes Waschbecken. Für mich unfassbar: Jeder hatte seine eigene Zahnpasta, seine eigene Kleenex-Schachtel. Oder besser: jede *ihre* – denn ihr seid drei Frauen und ein Mann. Logischerweise sollte sich hier die weibliche Form durchsetzen. Unsere Sprache ist wirklich macho.

Als du anfingst, ins selbe Waschbecken wie der Rest deiner Familie zu spucken, wurde dir übel. Im Grunde bist du immer eine Prinzessin geblieben. Eine eigenartige Prinzessin, aber trotzdem eine Prinzessin. Du hast es nicht nötig, dich wie ein Weihnachtsbaum zu schmücken, um Eindruck zu machen. Noch musst du eins neunzig groß sein.

Du beeindruckst schon durch deine Art, einem direkt in die Augen zu schauen. Durch deinen Gang, der so selbstsicher ist, dass du einem Entgegenkommenden nie auch nur im Geringsten ausweichen musst. Die Leute treten automatisch zur Seite, um dich vorbeizulassen. Oder durch die Art, wie du auf Schmeicheleien reagierst, Komplimente, Geschenke entgegennimmst, als ob dir alles zustünde. Selbst an Tagen, an denen du dich wie eine Obdachlose kleidest, siehst du wie eine Königin aus. Selbst jetzt.
Dieses Foto hier mag ich gern, denn du gibst mir einen Kuss. Deine Mutter musste damit drohen, dich einzusperren, wenn du es nicht tust. Es ist einfach so, dass es sich nicht gehört, dem Geburtstagskind den Kuss zu verweigern. Ich bin auf dem Foto acht Jahre alt. Man braucht nur die Kerzen auf dem Kuchen zu zählen.
Du hältst mir ein Päckchen hin. An den Inhalt kann ich mich nicht mehr erinnern, aber mit Sicherheit hatte es deine Mutter ausgesucht. Bis heute weißt du nie, was du schenken sollst. Du bist die miserabelste Geschenkekäuferin, die ich kenne! Du hast die Gabe, zielsicher immer genau das zu finden, was der Beschenkte nicht wollte.
Das ist nicht schlimm. Ich liebe dich trotzdem. Aber das weißt du nicht. Alle lieben dich: Man hat es dir gesagt. Schade, dass du es in deinem Innersten nie geglaubt hast. Du verdammter Dickschädel!
Und du? Magst du mich ein bisschen? Hast du mich mehr gemocht, als du jemals zugegeben hast?
Anfangs mussten wir uns sehen, denn unsere Mütter zwangen uns dazu, viel häufiger miteinander zu spielen, als wir wollten. Das lag nicht auf der Hand, denn eigentlich pass-

ten wird nicht zueinander. Wir sind uns mindestens zehntausendmal in die Haare geraten!

Erinnerst du dich an den Tag, an dem du mich in den Wäschetrockner gesperrt hast? Ich wüsste nur zu gern, wie du es geschafft hast, mich dazu zu überreden hineinzuklettern. Du hast ihn gerade mal fünfzehn Sekunden laufen lassen, aber mir kam es vor wie drei Jahrhunderte. Du hättest mich umbringen können. Du hast die Tür geöffnet und mich herausgezogen. Dann hast du mir erklärt, ich hätte gerade eine einzigartige Erfahrung gemacht, an die ich mich mein Leben lang erinnern würde. Ich glaube, du hast erwartet, dass ich mich bei dir bedanke.

Stattdessen habe ich mich auf dich gestürzt, um mit der geballten – wenn auch noch nicht so gewaltigen – Kraft eines Sechsjährigen auf dich einzuprügeln. Alles hat seine Grenzen! Und du hattest ein prachtvolles blaues Auge. Dieses eine Mal habe ich gesiegt. Ich war immer schwächer als du. Ich bin immer noch ein Schwächling, ein Softie, mit dem man machen kann, was man will. Heute kann ich das gerne zugeben, obwohl ich weiß, dass das für dich kein Problem ist.

Mit der Zeit telefonierten wir dann miteinander, ohne dass wir dazu gedrängt wurden. Du gewöhntest dich daran, deinen Prügelknaben zur Hand zu haben. Ich das Opfer, du der Peiniger. Kinder sind wirklich grausam. Obwohl ich zu deiner Entlastung zugeben muss, dass du mich oft aus gefährlichen Situationen gerettet hast.

Kannst du dich noch daran erinnern, wie du die Italiener verprügelt hast, die mich in eine Ecke abgedrängt hatten? Sie waren zu viert. Sie schubsten mich zwischen sich hin

und her, beschimpften mich wüst, schlugen mir auf den Hinterkopf und, was das Schlimmste war, forderten meine Jeansjacke. Es war bei uns an der Ecke, neben der Autowerkstatt. Du bist gerade im richtigen Moment gekommen.
– Lasst ihn los, sonst rufe ich die Polizei! Es ist gemein, einen Kleineren anzugreifen! Hört auf, ihr Feiglinge, oder ich schreie so laut, dass in zehn Sekunden die ganze Straße hier versammelt ist! Komm, Mathieu, wir hauen ab. Und wenn sie sich noch einmal an dich heranmachen, werden sie mich kennen lernen.
Einer von ihnen fing an zu lachen. Du bist ihm auf den Rücken gesprungen und hast ihn an den Haaren gepackt. Du hast so fest daran gezogen, dass sie mindestens fünf Zentimeter gewachsen sein müssen! Die anderen Kerle konnten es gar nicht fassen. Dein Mut und deine Kühnheit haben ihnen Angst gemacht. Sie standen da wie gelähmt. Bevor sie reagieren konnten, kam der Chinese, der in der Autowerkstatt arbeitet. Ich stand in der Ecke und heulte.
Sie hätten dich zusammenschlagen können und doch hast du nicht einen Augenblick gezögert. Du hast deinen kleinen Bruder gerettet. Denn das war ich doch, oder? Zwar hast du nie zu mir gesagt: »Du bist für mich wie ein kleiner Bruder«, aber genau das bin ich immer gewesen. Es hat mich nicht gestört, weil es mich dir näher brachte. Nicht nahe genug, wie es scheint.
Wir wurden gute Freunde. Und als ihr in unser Viertel gezogen seid, wurden wir geradezu unzertrennlich.

… Entschuldige, Alice. Ich muss einfach mal tief durchatmen. Meine Nase ist verstopft, die Augen tränen, ich schniefe. Ich sehe aus, als wäre ich erkältet. Wenn wir auf jemanden treffen, der anscheinend eine Erkältung hat, könnte es doch sein, dass er in Wirklichkeit gar nicht krank ist. Vielleicht hat er einfach nur Kummer wie ich. Im Grunde ähnelt sich das: Mit dem Kummer hat mich jemand angesteckt, wie bei einer Erkältung.

Ich weiß, wieder eine meiner albernen Theorien. Aber sie brachten dich immer zum Lachen. Schon deshalb sind sie wertvoll.

Wo war ich gerade? Ach ja! Der kleine Bruder… Du bist ständig zu uns gekommen, denn dein Zuhause war ziemlich deprimierend.

Deine Mutter nahm deinem Vater übel, dass er alles verloren hatte; dein Vater nahm deiner Mutter übel, dass sie ihn daran erinnerte. Deine Schwester glaubte, ihre Zukunft sei zerstört, weil sie ihre Ausbildung selbst würde zahlen müssen. Und du weigertest dich natürlich, ins städtische Schwimmbad zu gehen, wo jedermann seine Mikroben und sein Pipi hinterlässt.

Bei dir zu Hause herrschte eine beklemmende Atmosphäre, es wurde kaum gelacht. Wir hingegen hatten nie etwas anderes gekannt als eine einzige Toilette für alle, das Fahren mit öffentlichen Verkehrsmitteln, Ferien in der Stadt oder in den guten Jahren bei euch. Wir waren zufrieden.

Meine Mutter ist eine lebenslustige Frau. Sie lacht gern. Sie hat immer mit mir gespielt, mich auf den Wisch-Mopp gesetzt, wenn sie damit den Fußboden putzte, mir Gute-Nacht-Geschichten erzählt.

Heute führen wir ein gemütliches Leben zu zweit, es gefällt uns. Es gibt sogar Augenblicke, wo ich Lust habe, mich an sie zu kuscheln, wie als Kind. Ich tue es nicht, denn ich bin einen Kopf größer als sie. Und außerdem, wenn es sich herumspräche – denn sie würde bestimmt damit angeben –, stünde ich als Muttersöhnchen da.
Letztlich schien alles immer leicht zu sein. Bis auf das Jahr, in dem mein Vater keine Alimente zahlte.
Meine Mutter arbeitet, aber es reicht nicht. Übrigens verstehe ich nicht, warum sie so schlecht bezahlt wird. Schließlich hat eine Erzieherin eine Menge Verantwortung! Du betreust die Kinder anderer Leute, erziehst sie, bringst ihnen bei, wie man mit anderen lebt, förderst sie in ihrer Entwicklung, fütterst sie, legst sie schlafen, tröstest sie, und das alles für ein winziges Gehalt. Würde sie zu Hause Hunde abrichten, verdiente sie mehr!
Was hat dir gefehlt, als du klein warst? Bitte, sag es mir endlich!
Was hast du nicht gehabt? Was hat man dir nicht gegeben, was diese Leere hätte ausfüllen können, die ich manchmal an dir bemerke? Es gibt Momente, wo du ins Nichts starrst. Das passiert mir auch, nur dass ich dann mit meinen Gedanken einfach ganz woanders bin. Aber du? Vielleicht bist du so in deine Probleme verstrickt, bist in einem so tiefen Loch, dass dir der Blick auf alles andere verstellt ist.
Deine langen Wimpern werfen Schatten auf deine Wangen, lange, weiche Schatten. Wenn du weinst, bleiben deine Tränen für einige Augenblicke an deinen Wimpern hängen, und dann siehst du überhaupt nicht traurig aus. Du gleichst einer exotischen Pflanze, die sich darüber freut,

dass sie begossen worden ist. Du hast doch alles. Was hat dir denn nun gefehlt?
Abgesehen vom eigenen Waschbecken natürlich. Soweit ich weiß, wird man deshalb nicht kriminell. Ich will damit natürlich auf keinen Fall sagen, dass du kriminell bist, du bist nur so eigen.
Nicht wie ich, ich bin ein stinknormaler Kerl. Ich kann mich noch so sehr darum bemühen, ein großer Melancholiker zu sein oder ein großer Revoluzzer oder ein außergewöhnliches Genie, es ändert nichts daran. Ich falle nicht auf und ich bin nicht einmal ein Problem für meine Eltern. Das ist schon fast beschämend.
In dem Bild, das das Fernsehen von der Jugend zeichnet, kann ich mich wirklich nicht wiedererkennen. Nicht einmal du hast Ähnlichkeit mit diesen jungen Typen, die von Wut beseelt sind und alle hassen, die älter sind als sie. Jeder ist seines Glückes Schmied, man darf keine Geschenke von anderen erwarten. Nimm deine Mutter: Sie ging immer davon aus, dass ihr Mann für ihr Glück zuständig ist. Und sie wirft ihm vor, euch nicht glücklich gemacht zu haben, dich und deine Schwester. Eigentlich sollte sie auch ohne ihn mit einem Lächeln Guten Tag sagen können.
Ich hatte erwartet, sie hier zu sehen. Sie kommt sicherlich zur vorgeschriebenen Zeit.
Liebst du deine Mutter? Gut, du beklagst dich oft über sie. Du sagst, dass sie dich nicht versteht, dich nicht liebt, dass sie deine Schwester vorzieht. Es stimmt, dass deine Schwester sich wie eine Tochter aus gutem Hause kleidet, und das gefällt deiner Mutter. »Sie sieht richtig gut aus«, pflegt sie zu sagen. Deine Schwester möchte Krankenschwester wer-

den, während du... ans Theater! Gibt es eine Mutter, die sich freut, wenn ihre Tochter Theater spielen will?

Wenn die Tochter klein ist, ja. Dann findet sie es hinreißend. Besonders wenn sie die Rolle des kleinen Hasen spielt und das »S« nur mit Schwierigkeiten herausbekommt, weil die beiden Vorderzähne fehlen. Aber wehe, sie will die Schauspielerei zu ihrem Beruf machen. Das sichere Elend! Es ist verrückt, wie wenig unsere Eltern im Grunde an uns glauben, findest du nicht auch? Denn selbst wenn du immer nur die kleine Nebenrolle bekommst, heißt das doch nicht, dass du kein Talent hast!

Ich weiß, dass du eine große Schauspielerin bist. Zunächst einmal bringst du die nötige Verlogenheit dafür mit. Ich kann es immer nicht fassen, mit welcher Leichtigkeit du die Leute mit deinen Geschichten, die weder Hand noch Fuß haben, an der Nase herumführst, ohne dass jemand es merkt. Außer mir, denn ich kenne dich ganz genau.

Obwohl... auch mich hast du davon überzeugt, dass es dir gut geht. Schon lange hatte ich dich nicht mehr so toll in Form gesehen. Wie hast du es fertig gebracht, auch mich zu belügen? Mich, deinen alten Freund! Bedeuten dir all die gemeinsamen Jahre nichts? Zählt das denn gar nicht, unsere ganzen Streiche, all die Schürfwunden, die wir uns zugezogen haben, die Filme, die wir uns zehnmal hintereinander angesehen haben?

Du hast mir gezeigt, wie man küsst – hat dich das kalt gelassen? Stell dir vor, ich werde mich immer daran erinnern, denn es war der schönste, der wunderbarste Kuss, den ich in meinem ganzen Leben von einem Mädchen bekommen habe!

Ich weiß, ich habe es dir nie gesagt. Aber du sollst wissen, dass es viele Dinge gibt, die ich dir nie gesagt habe. Du gewinnst vielleicht den ersten Preis im Lügen, aber nicht in Verschwiegenheit! Auch ich habe Geheimnisse, obwohl ich ein Junge bin.

Angefangen damit, dass ich davon träume, dass du mich wieder küsst. Du liegst dort, bewegungslos, und wenn ich mich nicht zusammennähme, wenn ich nicht Angst hätte, dass jemand hereinkommt, ich glaube, ich würde dich einfach küssen! Und diesmal würde *ich* dir den schönsten Kuss geben, den du jemals bekommen hast! Ich habe jetzt Erfahrung.

Nun gut! Bist du zufrieden, jetzt wo du es weißt? Auch wenn ich dein bester Freund bin, heißt das noch lange nicht, dass ich nicht manchmal Lust hätte… Glaubst du an eine reine Freundschaft zwischen Jungen und Mädchen? Wahrscheinlich, denn für dich bin ich dein kleiner Bruder. Warum hast du mich eigentlich geküsst?

Du hast mir erklärt, du wolltest mir zeigen, wie es geht, damit ich mich bei den Mädchen nicht blamiere. Vielleicht hast du dieses eine Mal nicht gelogen…

Es ist kalt hier. Erinnerst du dich, dass ich immer entsetzlich gefroren habe, als ich klein war? Vier Minuten im Wasser und ich hatte blaue Lippen. Dann hast du mir dein Handtuch geliehen. Trotz deines vornehmen Gehabes warst du mitfühlend. Ich habe alle deine Pullover übereinander angezogen, und du hast dich sogar an mich geschmiegt, um mich zu wärmen, wenn wir bei dir im Souterrain geschlafen haben. Du hast nach Chlor gerochen, du hast gut gerochen.

Auch jetzt, ich muss die Luft nur tief genug einziehen, meine ich, einen Hauch von Chlor wahrzunehmen. Du bist wirklich so viel geschwommen, dass du Chlor in deinen Adern haben musst. Schade, dass du die Wettkämpfe aufgegeben hast: Du warst eine so gute Schwimmerin... Schon da hätte ich begreifen müssen...

Sehe ich mit meinen Fotos in der Hand nicht lächerlich aus? Sentimental hoch drei. Ich konnte deine Zöpfe nicht ausstehen, aber heute finde ich, dass sie dir gut standen. Du flichtst dir schon lange keine mehr. Ich habe nicht einmal bemerkt, wann du damit aufgehört hast. Ich habe vieles nicht bemerkt.

Ich bin mit dir groß geworden, mit dem Blick nach vorn, nie zurück. Wenn man klein ist, gibt es kein Zurück. Aber es liegt auch nichts vor einem. Es gibt nur Augenblicke, die man lebt, Tage, die man ausfüllt, ohne Ziel, ohne Plan.

Da ist kein Weg, den man geht, man dreht seine Runden auf einer Bahn, ohne sich zu fragen, was hinter dem Zaun liegt. Auf jeden Fall sieht man den Weg nicht. Fühlt man sich wohl? Wahrscheinlich ja, aber ich erinnere mich nicht daran.

Jetzt sind wir auf dem Weg. Ich würde nicht umkehren, denn der Weg ist voller Versprechungen. Zumindest glaube ich das. Vielleicht würdest du gerne umkehren. Ich sage das so, aber ich zweifle daran.

Sieh mal, da wird ein Blumenstrauß gebracht. Ich schaue mir die Karte an, wenn ich darf.

»VON DEINER MUTTER, DEINEM VATER UND DEINER SCHWESTER, IN LIEBE«

Dreizehn Uhr zehn

Die Schule

Dieser Blumenstrauß riecht furchtbar. Ich mag den Geruch von Blumen nicht, besonders nicht von solch riesengroßen weißen Lilien. Ich mag den Duft einer einzelnen Blume. Egal welcher, solange es nur eine ist.
Eine einzelne Blume in einer Vase ist so schön. Man sieht sie gut, kann sie von allen Seiten betrachten, sich an Farbe und Form, auch am Duft, freuen.
In einem Strauß verlieren sich die Blumen und ihr eigentlich zarter Duft riecht nach Eau de Cologne aus einem Billigladen. Sogar schlimmer, nach Rasierwasser.
Mein Vater muss mit so etwas duschen, so stark wie er riecht. Ich kann mir nicht vorstellen, dass sein Freund den Geruch mag. Aber über Geschmack lässt sich nicht streiten.
Es ist schön, wie gut ihr beiden euch versteht, mein Vater und du. Aber er ist ja auch nicht dein Vater. Für dich ist er einfach ein freundlicher Mann, gut angezogen, mit tadellosen Manieren, der in seinem Haus auf höchste Sauberkeit achtet. Und er lebt in einer derart schwierigen Situation, dass er seine geistige Aufgeschlossenheit immer unter Beweis stellen muss.
Natürlich ist er weniger streng als dein Vater, ich sehe ihn ja auch nur an höchstens zwei Wochenenden im Monat. Dann versucht er, die ganzen verlorenen Wochen und Mo-

nate nachzuholen, indem er mir den Eindruck vermittelt, ich sei der brillanteste Mensch auf der Welt. Die Zeit ist ja auch viel zu kurz, als dass er unter meinen Fehlern leiden könnte. Wenn ich ihm auf die Nerven gehe, braucht er sich nur zu sagen, dass ich am nächsten Tag wieder weg bin. Das hilft, um sich den Anschein des perfekten Elternteils zu geben, der niemals die Geduld verliert.

Ich liebe meinen Vater, trotz allem. Er geht mit mir ins Theater, ins Kino, ins Restaurant. Er gibt sich Mühe, nicht zu sehr mit seinem Freund rumzuschmusen, wenn ich da bin. Und er hat immer ein ganz besonderes Geschenk für mich.

Oft bleibe ich aber lieber bei meiner Mutter. Ihr muss ich nichts beweisen, und ich muss mich nicht bemühen, mich interessant zu machen wie bei einem Fremden. Wie bei dem Freund meines Vaters. Oder wie bei meinem Vater.

Soll ich dir noch ein Geheimnis verraten? Ich frage mich oft, ob ich nicht bin wie er. Ich lauere auf das kleinste Anzeichen, das darauf hindeuten könnte, dass ich homosexuell bin. Ich traue mich nicht, einen Jungen länger als zwei Sekunden anzusehen, und dass ich ein paar von ihnen schön finde, wage ich nicht einmal zu denken. Ich weiß, du hast damit bei den Mädchen kein Problem; du hast keine Hemmungen, die Schönen schön zu finden und dich über die Hässlichen zu mokieren. Deswegen bist du aber noch lange nicht lesbisch. Bei mir sieht es anders aus.

Im Collège laufen die Jungen nach dem Sport halb oder auch ganz nackt durch die Gegend. Ein paar stolzieren regelrecht herum. Sie zeigen sich gern, zumindest die, die sich schön finden. Ich wage nicht, sie anzuschauen, obwohl ich mich doch zumindest gerne mit ihnen vergleichen würde. Vielleicht macht mich ja gerade das suspekt, dass ich in gewisser Weise befangen bin. Vielleicht ist das eine latente Homosexualität... Was meinst du? Dabei finde ich die Mädchen schön, wirklich schön. Bei ihrem Anblick werde ich rot. Zu ihnen fühle ich mich hingezogen.

Habe ich dir schon von meiner ersten großen Liebe erzählt? Bestimmt, aber ich will dir noch mehr von ihr erzählen. Es war Frau Dulude, meine Lehrerin in der zweiten Klasse. Ich fand sie so schön! Sie hatte blonde Haare und einen bonbonfarbenen rosa Lippenstift. Ihre Lippen sind mir übrigens unvergesslich. Sie muss für diesen Schmollmund pro Tag mindestens einen Lippenstift verbraucht haben. Sie hatte mit Sicherheit sogar Lippenstift auf den Zähnen.

Ich fand sie einfach toll! Sie hatte eine hohe Stimme wie eine kleine Katze und redete immer ganz leise mit uns. Wenn sie mich ansprach, erstarrte ich an meinem Platz. Sie verstand nicht, wie ich einerseits so gute Noten schreiben und dann ihre Fragen nicht beantworten konnte. Eine selten dumme Ziege! Ich war doch nicht der erste kleine Junge, der sich in sie verliebt hatte!

Ich schenkte ihr Zeichnungen. Zeichnungen, die sie wahrscheinlich am Ende des Schuljahres weggeworfen hat. Ich glaubte, den Sommer nicht überstehen zu können, weil ich sie nicht sehen würde. Aber zwei Tage nach Schulschluss hatte ich sie vergessen. Eigenartig, jemanden so schnell zu vergessen, für den man eine so heftige Zuneigung empfunden hat, meinst du nicht auch?

Warst du schon in einen deiner Lehrer verliebt? Ich meine natürlich, als du klein warst. Jetzt verliebst du dich ja in buchstäblich jeden deiner Lehrer. Bei einigen von ihnen weiß ich, offen gestanden, nicht, was du an ihnen findest. Vor allem an dem großen Blonden mit dem Kinnbärtchen, der sich für d'Artagnan hält; dem noch dazu die Haare ausfallen. Mit einem Bein schon im Grab, todsicher. Er sieht so fad aus wie eine Krankenhaussuppe, aber das ist nur meine Meinung. Eines steht jedenfalls fest: Sollte ich homosexuelle Neigungen haben, werden sie sich nicht bei ihm zeigen. Das Collège tut dir wirklich nicht gut.

Erinnerst du dich noch daran, als du in meine Schule wechseltest? Du kamst in die fünfte. Ich auch, denn ich hatte die vierte übersprungen. Zum Glück warst du da, um mir zu helfen, durch dieses Jahr zu kommen.

Du warst einen Kopf größer als ich und hast stets und ständig nur von deiner alten Schule, natürlich einer Privatschule, gesprochen und erkärt, dort sei alles so viel besser, weil die Klassen nicht mit geistig Minderbemittelten voll gestopft seien wie in der öffentlichen Schule. Man kann nicht gerade behaupten, dass du sehr beliebt warst. Mit zehn Jahren ein Snob, das muss man erst mal schaffen! Alle machten einen Bogen um dich und zeigten dir die kalte Schulter.

Aber ich war dein Freund. In allen Pausen trafen wir uns auf dem Schulhof. Wir spielten selten mit den anderen. Ich redete viel, ich erzählte dir den Abenteuerroman, den ich gerade las, oder die Fernsehsendung vom Vorabend, die du nicht gesehen hattest. Am liebsten hatte ich immer die Sendungen, in denen ein Tier die Hauptrolle spielte, ob Hund,

Pferd, Delfin oder Känguru. Und wenn es eine mit Ameisen gegeben hätte, ich hätte sie mir begeistert angesehen. Ich war eben ein bisschen kindisch.

Du hattest eine Vorliebe für Seifenopern. Für Liebesgeschichten in Serien. Auch über die Liebesgeschichten, die sich in der Schule abspielten, wolltest du immer alles ganz genau wissen. Aber für Zehnjährige ist die Liebe ja noch nicht Romeo und Julia.

So bleiben mir letztlich von der Grundschule Frau Dulude und unsere zwei Pausen pro Tag, die wir mit Reden verbrachten. Nun ja, in der Hauptsache habe ich geredet, aber trotzdem. Mir bleibt von dieser ganzen Zeit die Erinnerung an ein langes Warten zwischen zwei Pausen, das Warten darauf, dich endlich wieder zu sehen.

In der Tat habe ich bei dir gelernt, zu warten. Etwas, was du nicht gelernt hast.

Auch heute bin ich hier, um auf dich zu warten. Ich möchte wie früher mit dir sprechen, dir Geschichten von Hunden erzählen, dich von Collies, Dalmatinern, Golden Retrievers und streunenden Hunden träumen lassen. Ich möchte dich in deinem Schlaf zum Lächeln bringen und alles andere vergessen machen. Nur ein ganz kleines Lächeln, Alice. Ist das denn so schwer?

Und du? Hast du etwas bei mir gelernt? Hm? Und sei es nur eine Winzigkeit, groß wie ein Staubkorn in meinem Auge! Du warst die Ältere, du warst immer weiter als ich, du hast mir viel gezeigt. Ich armer Tropf konnte dir zum Ausgleich nicht einmal etwas von meiner Unbekümmertheit abgeben. Manchmal sage ich mir, dass diese Unbekümmertheit meine beste Eigenschaft ist, denn sie bringt mich voran. Nicht dass ich mir keine Fragen stelle, aber ich stelle mir nicht allzu viele über mich selbst.

Natürlich frage auch ich mich, warum ich lebe, wohin mich mein Weg führt, woher ich komme, ob es Außerirdische gibt usw. Ich stelle mir dieselben Fragen wie alle anderen. Aber ich frage mich nie, ob es sich lohnt zu leben. Vielleicht bin ich ein Feigling. Einer, der den Dingen nicht auf den Grund gehen will. Das bewahrt mich davor, mich auf dem Boden des Abgrunds wiederzufinden.

Wir sind so verschieden. Wenn du dich auf deine Nabelschau begibst, dringst du so tief ein, dass du wie von einer Spirale erfasst nach unten gezogen wirst. Bis zum Boden. Und noch tiefer.

Eigentlich habe ich immer geglaubt, dass du deshalb intelligenter bist als ich. Dass du dich besser in den Herzen der Menschen auskennst, weil du dich weiter vorwagst. Du bist vielleicht wirklich intelligenter als ich. Aber was hat es dir gebracht?

Auf der Schule waren die Lehrer voll Bewunderung für dich. Dein Ausdruck war perfekt, dein Französisch tadellos, und vor allem hattest du eine deutliche Aussprache. Jeder verstand dich.

Das Thema spielte dabei kaum eine Rolle, du konntest vor ein oder auch zwei Klassen stehen, du warst die Beste. Keiner konnte dir das Wasser reichen. Du hast uns alle in deinen Bann gezogen. Du hättest das Rezept für einen Schokoladenkuchen vortragen können, das Ergebnis hätte nicht anders ausgesehen. Deshalb deine Entscheidung fürs Theater, oder? Du liebst es doch, wenn dir die Welt zu Füßen liegt.

Ich war gut in Mathematik, Physik, Chemie. Alles Fächer, in denen ich mich nicht auf einer Bühne lächerlich machen konnte oder in aller Öffentlichkeit Überlegungen zu den großen Problemen der Menschheit anstellen musste. Ich habe dich beneidet. Sah ich doch noch aus wie ein kleiner Junge, der gerne Lego spielt, während seine Schwester den ganzen Erdball mit ihrer Weltsicht beeindruckt.

Seine Schwester: Da habe ich etwas Merkwürdiges gesagt, findest du nicht auch? Es gab übrigens wirklich Leute, die gesagt haben, dass wir uns ähnlich sehen. Da wir zusammen groß geworden sind, sind wir zu einer Art Fotokopie voneinander geworden. Ich sehe dir in der Tat ähnlicher als meinem Vater. Obwohl ich es in seinem Fall wahrscheinlich an seinem Benehmen festmache, wenn ich sage, dass wir nichts gemeinsam haben.

Ich habe nie gewagt, dich zu fragen, ob ich feminin wirke. Aus Angst, dass du mit Ja anwortest. Dabei ist das Feminine bei meinem Vater nicht sehr ausgeprägt. Sein Freund hat für meinen Geschmack jedoch etwas zu weiche Hände.

Man sieht meinem Vater eigentlich nicht an, dass er schwul ist. Er sieht gepflegt aus, nach einem Mann mit Geschmack. Meine Mutter sagt: So, wie sich die Frauen einen Mann wünschen. Müssen Männer denn unbedingt grobe Kerle sein, wenn sie nicht schwul sind?

Ich bin an einem Punkt angekommen, wo ich nicht mehr weiß, wer ich bin. Oft bin ich mir nicht sicher, wie ich mich verhalten soll, ob ich sanft oder aufdringlich sein soll. Du hast mir immer gesagt, dass ich ein Sanfter bin. Das ist ein Kompliment, aber gleichzeitig macht es mir Angst, verstehst du?

Es ist merkwürdig, wir kennen uns schon ewig, und doch kommt es mir so vor, als hätten wir nie wirklich miteinander geredet. Ich habe eine Million Fragen an dich und möchte dir eine Menge anvertrauen. Ich sehe dich an, und da erst fällt mir auf, dass du nicht mehr an den Nägeln kaust. Seit wann? Ich glaube, dich genau zu kennen, und habe nicht einmal etwas so Offensichtliches bemerkt. Wir geben uns alle Mühe, sehen aber nicht genau hin. Wie dumm!
Vielleicht sehen wir die anderen nicht wirklich an, weil sie uns nicht interessieren. Über sie suchen wir nur uns selbst. Wie hat mich zum Beispiel die Frage beschäftigt, welcher Clique ich mich anschließen sollte! Welche mir am meisten entsprach. Ganz schön doof! Ich wusste nicht, wer ich war. Ich weiß es noch immer nicht. Am Ende habe ich mich einem einzigen Menschen angeschlossen. Dir.
Ich frage mich, ob wir uns nicht dafür entscheiden, so zu sein, wie unsere Freunde sich uns wünschen. Und unsere Freunde? Suchen wir sie uns aus? Ich habe mir dich nicht ausgesucht. Und du mich auch nicht. Unsere Mütter haben uns einander aufgezwungen. Und da uns der Zufall zusammengebracht hat, haben wir uns gegenseitig beeinflusst.
Wenn ich auch oft den Eindruck habe, nicht meine, sondern eher deine Neigungen entwickelt zu haben. Wäre ich heute derselbe, wenn ich dich nicht kennen gelernt hätte? Ginge ich ins Museum? Hörte ich so viel klassische Musik? Besuchte ich dieses Collège?
Ich habe mich dort angemeldet, weil du dich dafür entschieden hattest. Denn du wusstest, was du wolltest: Thea-

ter spielen. Ich bin dir gefolgt: Ich konnte mir nicht vorstellen, von dir getrennt zu sein.

Ich habe natürlich nicht den Theaterkurs gewählt. Als ich klein war, wurde ich schon bei dem Gedanken ohnmächtig, meinen Tanten ein Weihnachtslied vorsingen zu müssen. Ich habe also Gesundheitslehre belegt, aus dem einfachen Grund, weil ich die Noten dafür hatte. Wenn ich wirklich Arzt hätte werden wollen, wäre ich ins Collège in X gegangen, das einen besseren Ruf hat. Aber für mich war es viel wichtiger, mit dir zusammen zu sein, als Arzt zu werden.

Ich sehe dich an und komme zu dem Schluss, dass ich doch Medizin studieren möchte. Und wieder – deinetwegen. Sag, bin ich überhaupt etwas ohne dich?

Weißt du, ich habe immer noch das vierblättrige Kleeblatt, das wir zusammen gefunden haben. Es lag in der Schublade mit meinen Strümpfen und Unterhosen. Ich habe es immer aufgehoben. Es ist ein schönes Souvenir. Es erinnert mich an all die Nachmittage, an denen wir die Schule geschwänzt haben, wenn der Frühling kam und das Wetter zu schön war, um sich wieder in einem Klassenzimmer einsperren zu lassen.

Wir waren zum Botanischen Garten gegangen, um spazieren zu gehen und uns unter die großen Bäume zu setzen. Du hast von den Sternen gesprochen. Du sagtest, dass du dich klein fühlst, wenn du sie betrachtest. So klein, dass du nachts lieber nicht in den Himmel schaust. Du warst froh, in der Stadt zu wohnen, wo es so viel Licht gibt, dass es die Sterne verbirgt. Ich fand dich etwas seltsam. Wir fühlen uns alle winzig, wenn wir einen Sternenhimmel anschauen.

Das ist normal. Sogar banal. Aber bei dir, könnte man meinen, nimmt alles immer gleich gigantische Ausmaße an.
Es hatte mich erstaunt zu erfahren, dass du dich manchmal klein fühlen konntest. Erstaunt ist nicht das richtige Wort: beruhigt wäre zutreffender. Es beruhigte mich zu wissen, dass auch du Augenblicke der Schwäche, der Angst hattest. Ist es nicht idiotisch, Selbstvertrauen aus der Angst der anderen zu ziehen? Deine Angst befriedigte mich, baute mich auf. Heute wird mir das klar, wie armselig das ist. Ich habe das Kleeblatt bei mir, in meiner Tasche. Nun ist es doch kein so gutes Souvenir mehr.
Weißt du, dass draußen schönes Wetter ist? Es war Regen angesagt, aber nun scheint doch die Sonne. Es liegt kaum noch Schnee, nur an den schattigen Stellen ist noch etwas Eis.
Ich bin zu Fuß hierher gekommen. Ich hatte Lust zu laufen, die Luft in tiefen Zügen einzuatmen, auch wenn es in der Rue Sherbrooke nach Benzin, Diesel und auftauenden Hundehaufen riecht. Ich habe gedacht: »Ich werde mir jetzt überlegen, was ich ihr sage, denn es ist wichtig, für sie wie für mich.« Dann bin ich gelaufen und habe an nichts gedacht. Ich habe meine Schritte gezählt, eins, zwei, fünfundfünfzig, tausenddrei.
Nie sagt man die wichtigen Dinge, wenn es an der Zeit ist. Man sagt sie so dahin, beiläufig, mitten in einer banalen Unterhaltung, und dadurch hört man sie nicht wirklich. Vorhin habe ich gesagt, dass man nicht richtig hinsieht; ich könnte hinzufügen, dass man auch nicht richtig zuhört. Dabei ist doch das Wichtigste an einer Aussage häufig gerade das, was nicht gesagt wird.

Du, zum Beispiel, quasselst wie aufgezogen, selbst wenn du ganz allein bist. Im Schülerradio sprichst du ohne Pause. Deine Sendung läuft über zwei Stunden und du hast immer etwas zu sagen. Du hast zu allem eine Meinung: Politik, Umweltverschmutzung, Armut. Du sprichst über moderne Kunst, als ob du dich darin auskennst. Natürlich weiß ich, dass man nicht alles zu einem Thema wissen muss, um eine eigene Meinung zu haben, aber du wirkst so, als wüsstest du alles. Die Worte kommen mit Höchstgeschwindigkeit aus deinem Mund. Du betäubst alle Welt. Das ist deine Art, dich zu verstecken.
Möglich ist auch, dass du dich nur ablenken willst, um etwas vor dir selbst zu verstecken. Egal, im Grunde weiß ich, dass ich mich irre: Du warst immer die Einzige, die sich keinen Selbsttäuschungen hingegeben hat.
Das habe ich gut gesagt, oder? Ich bin wirklich verwundert. Ich, der ich zu befangen bin, um vor mehr als drei Personen zu sprechen, schlage mich heute ganz gut, finde ich.
Ich war nie gut im Mündlichen, ich bleibe dauernd stecken. Ich suche nach Worten, als ob ich nie Sprechen gelernt hätte. Ich bin nicht in der Lage, einen vollständigen Satz zu bilden, und sei er noch so kurz. Zum Schluss gebe ich nur noch undefinierbare Laute von mir, die wahrscheinlich mehr an einen Höhlenmenschen erinnern als an einen Menschen aus dem Jahr 2000. Im Jahr 2000 werde ich 21.
Heute Vormittag bist du der einzige Mensch, der mich hört. Denn ich bin sicher, dass du mich hörst.
Es ist schon witzig. Ich spreche von den Nachmittagen, die wir im Park statt in der Schule verbracht haben, von ver-

patzten mündlichen Prüfungen, und trotzdem, ich gehe gern in die Schule. Ich lerne gern, ich bin gern mit tausend anderen zusammen, die so sind wie ich, in meinem Alter, obwohl ich schüchtern bin, obwohl ich wenig Freunde habe. Ich habe auch keine Feinde. Ich gelte als fairer Typ. Manche finden mich sogar super. Wahrscheinlich die, die auch zurückhaltend sind und einen gefunden haben, der ihnen ähnlich ist. Ich gehe gern in die Cafeteria, ich mag den Geruch von Fett und Kartoffeln mit Sauce. Ich schmökere in der Bibliothek mit Begeisterung. Ich schaffe es sogar, Klassenzimmer ohne Fenster zu mögen, denn wenn mich ein Kurs interessiert, vergesse ich alles andere.

Wenn ich einen Lehrer nicht ausstehen kann, macht es mir sogar Spaß, ihn zu hassen, mich – natürlich in Gedanken – mit ihm anzulegen. Mein Leben hat für einige Stunden, einige Jahre eine feste Ordnung, zumindest solange ich zur Schule gehe; wie lang das noch sein wird, weiß ich nicht genau. Es interessiert mich auch nicht.

Aber am liebsten gehe ich ins Kino, freitagabends im Auditorium. Es fasziniert mich so sehr, dass ich nach der Vorstellung alle meine Hemmungen vergesse. Ich habe tausend Dinge zu sagen, tausendfach Kritik anzubringen, tausend Bilder im Kopf, an die ich mich erinnern möchte, indem ich von ihnen spreche. Für mich ist ein Film nicht nur ein Vorwand, um Popcorn zu essen, er ist ein Mittel, die Welt zu entdecken, auch wenn die Welt oft hässlich ist. Ich habe nie von dir gehört, dass du einen Film mochtest. Leider ist es mir nicht gelungen, dir meine Leidenschaft zu vermitteln. Das Kino lässt uns unser eigenes Leben vergessen, wenn es uns zu nichts sagend vorkommt.

Ich glaube, du würdest dich in Breitwandformat gut machen. Mit deinem schönen Gesicht in Großaufnahme, die Augen glänzend, die Haare von einer Windmaschine leicht verweht, wärest du weitaus schöner als alle diese aufgedonnerten Schauspielerinnen.

Ich habe mir das Video angesehen, das wir letzten Monat während einer deiner Radiosendungen aufgenommen haben: Du sprengst den Bildschirm. Du tust, als ob nichts wäre, du versuchst nicht einmal zu schauspielern. Das Video hat uns eine Eins eingebracht. Ich bin sicher, das galt weder dem Inhalt noch der perfekten Technik: Der Lehrer hat sich in dich verliebt. Noch einer.

Seit wir aufs Collège gehen, haben wir uns ein wenig aus den Augen verloren. Besonders in dem Jahr, in dem du dich ausgeklinkt hast. Aber du bist zurückgekommen. Verändert.

Wir sind beide mit unseren eigenen Dingen beschäftigt. Und dann arbeitest du ja auch noch am Collège. Du bist wirklich ein Glückspilz, dass du diese Stelle gefunden hast. Es ist zwar langweilig, Telefondienst zu machen, aber du bist wenigstens gleich an Ort und Stelle. Ich dagegen muss ans andere Ende der Stadt fahren. Und wofür? Um Autos aufzutanken und Scheiben zu waschen, für Autofahrer, die nicht einmal Trinkgeld geben.

Man kann halt nicht ewig von den zehn Dollar leben, die uns unsere Eltern pro Woche geben. Wir brauchen jetzt beide Geld. Seit wir arbeiten, sehen wir uns nicht mehr. Das Geld trennt die Welt. Aber vielleicht brauchen die Menschen diese Trennung auch.

Merkwürdig, ich habe Lust, mit dem Rauchen anzufangen.

Nur so, ohne Grund. Nur um etwas mit meinen Händen zu machen. Um mich in einen Rauchschleier einzuhüllen. Ich würde zusehen, wie er sich ganz langsam auflöst, und würde an nichts denken, nur an den Rauch, der langsam verschwindet. Ich würde die Welt im Nebel sehen. Ein bisschen wie du. Denn da bist du doch, Alice, im Nebel, oder? Ich sollte Pilot oder Astronaut werden. Es könnte ja sein, dass ich dich treffe.

Ich muss mir etwas die Füße vertreten. Ich kann ja einfach um dich herumlaufen. Daran bist du sowieso gewöhnt.

Dein Gesicht ist so weich… Diese Sanftheit wird immer durchscheinen, trotz all deiner Anstrengungen, hart zu wirken. Ah, wieder Blumen.
Nur eine Unterschrift.
»CLAUDE UND MARCEL«
Eine Paradiesvogelblume: Typisch mein Vater.

Dreizehn Uhr zwanzig

Die Liebe

Ich hatte mir geschworen, nicht auf die Uhr zu sehen. Um nicht sehen zu müssen, wie die Zeit verfliegt. Aber – verzeih mir, dass ich das sage – ich finde, sie vergeht eigentlich langsam.

Seit zwanzig Minuten renne ich hier herum und rede, aber ich werde mein Tempo nicht halten können. Das geht mir immer so. Ich starte mit viel Schwung und komme dann schnell außer Atem. Wie ein schlecht trainiertes Pferd, das am Anfang seine ganze Kraft aufbietet und sich schon lange vor Ende des Rennens verausgabt hat.

Ja, ich bin ein schlecht trainiertes Pferd. Ein Pferd, das gerade zum ersten Mal die Koppel verlassen hat, plötzlich allein ins Leben entlassen. Das nicht weiß, welche Richtung es einschlagen soll, weil alles verlockend ist. Das aber Angst hat, den falschen Weg zu nehmen und sich auf einer so unwegsamen Strecke wiederzufinden, dass es Gefahr läuft, sich den Knöchel zu brechen. Und ein Pferd mit gebrochenem Knöchel schafft man sich vom Hals.

Ich möchte ohne Angst losstürmen. Einen so sicheren Tritt haben, dass ich die Dinge leicht nehmen kann. Das Rauschen des Windes in meiner Mähne spüren, ohne dass Gefahren und Bedrohungen mir die Lebenslust rauben. Mit erhobenem Haupt meinen Weg gehen und die ganze Energie und Kraft entfalten, die in mir steckt. Vorankommen, als ob ich Flügel hätte, angetrieben vom Rhythmus des Laufes, ohne sichtbare Anstrengung. Ich möchte wie ein galoppierendes Pferd sein.

Findest du lächerlich, was ich dir da sage? Ich lasse mich oft von Bildern mitreißen, die ich mir selbst ausdenke. Ich behalte sie für mich, denn ich fürchte, dass ich sonst schief angesehen werde, dass man mich für nicht ganz richtig im Kopf hält.

Es ist nicht wie bei dir: Selbst wenn du kompletten Blödsinn redest, bekommst du Beifall. Bei mir ist es noch nie jemandem aufgefallen, wenn ich mir eine Wahnsinnsarbeit mit einem Text gemacht hatte und der festen Überzeugung war, ein Meisterwerk geschaffen zu haben.

Das lässt mich ernsthaft an meinen dichterischen Höhenflügen zweifeln – entschuldige den hochgestochenen Ausdruck. Obwohl sie meinen Freundinnen immer gefallen haben. Keine übertriebenen Höhenflüge! Ich wollte ja nicht als Geisteskranker bezeichnet werden. Aber kleine, die ich letztlich in Komplimente verwandelte. Das hat besonders Annie gefallen. Sie fand mich romantisch.

Du konntest Annie ja nie ausstehen. Sie war dir zu schön. Du sagtest, sie sehe wie eine dieser Puppen aus, in die kleine Mädchen ganz vernarrt sind, Puppen mit seidigen Haaren, die man kämmen kann, und großem pfirsichfarbenem Mund. Es stimmt, sie hatte das runde Gesicht, die glatte Haut und die rosigen aufgeblähten Wangen einer kostbaren Puppe. Aber wenn ich auf ihren Bauch drückte, sagte sie nicht »Mama«.

Ich begreife nicht, warum ich mit Annie zusammen war.

Oder eher, warum sie mit mir zusammen war. Alle Jungen waren hinter ihr her, stellten sie sich nackt vor, träumten davon, sie zu küssen.

Einer nach dem anderen zahlte ihr eine Cola, eine Suppe, einen Nachtisch, was auch immer. Einer nach dem anderen versuchte, sie mit teurer Kleidung zu beeindrucken, denn was für Annie am meisten zählte, war das Aussehen. Es gab Jungen, die eine Menge Geld für eine schöne Jacke ausgaben, einen Kaschmir-Pullover, für Reitstiefel aus Leder, und das einzig und allein, um ihr aufzufallen. Sie hätten für sie gestohlen.

Ich dagegen sagte mir, dass ein Mädchen wie sie einen Jungen wie mich sowieso nicht beachten würde. Wenn sie an mir vorbeiging, nahm ich sie nicht einmal wahr; denn sie war ein Traum, der nicht zu verwirklichen war. Deshalb hat sie sich für mich interessiert, wegen meines Desinteresses. Ihr Stolz hat sie mir in die Arme getrieben.

Ihr Mädchen habt schon eine seltsame Art zu denken. Ihr sucht euch den Jungen aus, der nichts von euch wissen will, weil euch das herausfordert. Später beschwert ihr euch dann, weil der Junge nicht vor euch kuscht. Dabei habt ihr ihn euch gerade deshalb ausgesucht! Das Problem ist, dass ihr, wenn ihr einmal jemanden erobert habt, versucht, ihn zu halten, ihn immer um euch haben wollt. Ihr könnt euch nicht mit der Eroberung allein zufrieden geben, wie das bei Jungen meist der Fall ist.

Nur lag der Fall bei mir und Annie etwas anders. Ich war so überrascht, fühlte mich so geehrt, dass sie sich für mich interessierte, dass ich alles für sie getan hätte. Bis zur absoluten und totalen Lächerlichkeit. Deshalb hast du sie gehasst.

Du mochtest noch so oft sagen, dass ich ihr Schoßhund bin, dass sie mich manipuliert, dass ich ihr aus der Hand fresse – von dem Gedanken, dass du eifersüchtig warst, wirst du mich nicht abbringen, basta. Sonst hättest du ihr nie erzählt, ich litte an Epilepsie und könne jederzeit einen schrecklichen Anfall bekommen! Die Augen würden aus den Höhlen treten und weißer Schaum aus dem Mund hervorquellen. Das Gegenteil von gutem Aussehen, nicht wahr?
Du hast ihr einen entsetzlichen Schrecken eingejagt. Ich habe ihr geschworen, dass du gelogen hast, aber sie hat mir nicht geglaubt. Die schöne Annie brachte es nicht über sich, einen Kranken zum Freund zu haben.
»Ich wollte dir damit nur einen Gefallen tun.« Wer's glaubt, wird selig! Gut, es stimmt, es gab für mich nur Annie. Sie machte mit mir, was sie wollte. Sie hielt mich sogar davon ab, dich zu sehen. Es stimmt, dass sie sich in den Kopf gesetzt hatte, mir einen Haarschnitt nach ihrem Geschmack zu verpassen, meine Garderobe zu ändern; und jedes Mal, wenn ich schniefte, sagte sie zu mir: »Putz dir die Nase.« Ja, in gewisser Hinsicht hast du mir einen Gefallen getan. Aber… du warst auch ein bisschen eifersüchtig, oder? Gib es doch zu… Ich würde es dich so gerne sagen hören…
Hat es dir eigentlich etwas ausgemacht zu wissen, dass ich eifersüchtig war? Auf wen? Auf deine Lehrer natürlich. Ich war doch viel zu jung für dich. Die gnädige Frau liebt nur reife Männer. Weil du dir einbildest, bei ihnen wunderbare Dinge zu lernen.
Hast du dir denn wirklich nie klar gemacht, dass sie sich wegen deiner Schönheit, deiner Frische, wegen deines Körpers zu dir hingezogen fühlen? Vergiss den schönen geis-

tigen Austausch, die intellektuelle Auseinandersetzung. Es schmeichelt ihnen einfach, dass ein schönes Mädchen wie du sich für sie interessiert. Auch sie sind eitel.

Wenn ein Mann mit dreißig oder vierzig Jahren, sprich mit einem Fuß im Grab, alleine ist und seinen Schülerinnen hinterherläuft, hat er meiner Meinung nach ein großes Problem. Sogar ein verdammt großes Problem, wenn keine Frau in seinem Alter etwas von ihm wissen will oder ihn interessiert. Die Naivität eines jungen Mädchens auszunutzen, ist einfach ekelhaft.

Alice, du warst immer mit Schwächlingen zusammen, die jüngere Frauen brauchen, um sich zu bestätigen. Männer, die einer reifen Frau nicht offen ins Gesicht sehen können. Angsthasen, deine Wahl fiel immer auf Angsthasen. Warum? Weil du nicht weißt, was du wert bist!

Genau das ist dein Problem.

Einverstanden, im Allgemeinen sind Jungen deines Alters etwas kindisch. Aber der siebzehnjährige Junge und der dreißigjährige alte Knacker wollen beide dasselbe: dich in ihr Bett abschleppen. Nur im Reden unterscheiden sie sich. Du lässt dich von schönen Worten verführen und sprichst den Jahren, die dich von einem Mann trennen, eine Weisheit zu, die nicht da ist. Soll ich dir mal etwas sagen? Du verliebst dich in alte Männer, weil du selbst noch ein Kind bist.

Du forderst, dass man dich bedingungslos liebt, zärtlich zu dir ist, dich verwöhnt, wenn du gerade Lust darauf hast, dir bei jedem guten Einfall applaudiert. Sonst rastest du aus und sagst, dass keiner dich lieb hat. Wenn du in einen Kinderhort gingest, würdest du merken, dass kleine Kinder sich so verhalten. Die alten Füchse wissen das und spielen den Papa, der der kleinen Tochter, die eine schöne Zeichnung gemacht hat, Beifall klatscht und ihr zur Belohnung ein Eis spendiert.

Denn sie gehen doch immer mit dir in schicke Restaurants, um dich zu beeindrucken, oder? Du lässt dir gerne Sand in die Augen streuen, du liebst das Geld, auch wenn du sagst, dass es korrumpiert, dass es nicht wichtig, nur eine Äußerlichkeit ist. Du hast Recht, es korrumpiert, selbst dich. Und die Farbe des Geldes ist grau. Grau wie die Haare alter Männer. Du findest mich scheinheilig? Gut, vielleicht bin ich ein bisschen scheinheilig. So etwas kommt vor. Man hat nicht immer unter Kontrolle, was einem durch den Kopf geht, wenn man jemanden liebt…

Nimm zum Beispiel deinen François. Im Grunde mochte ich ihn. Schon allein, weil er keine grauen Haare hatte. Das war doch schon mal was. Er war nur zehn Jahre älter als du, nach deinen Maßstäben fast gleichaltrig. Einer der wenigen Lehrer, der uns den Eindruck vermittelte, dass das, was wir sagten, intelligent war. Ob er es auch so meinte, ist nebensächlich. Was zählte, war die Note. Und da er der Auffassung war, eine Benotung in Philosophie sei zu willkürlich, bestanden wir alle.

Ein korrekter Kerl. Sehr intelligent. Und sehr vorsichtig. Eine Schülerin rührt man nicht an. Aber nach Abschluss der Prüfungen gab er seine Stellung auf. Und wer ruft dich während der Weihnachtsferien zu Hause an? Der neue Herr Professor, mit Verlaub. Du bist nicht mehr seine Schülerin und schon schlüpft der Wolf aus dem Schafspelz.

Das war der erste Silvesterabend, den wir nicht miteinander verbrachten. Alice feiert mit Champagner in einem Appartement irgendwo in Montréal, während ihre Eltern glauben, sie sei mit mir und zwanzig anderen Freunden – für sie alle viel zu jung – bei Marie-Soleil. Mit Freunden, die nur Bier getrunken haben.

Als du dann um vier Uhr morgens zu uns gekommen bist, musstest du mir nichts erklären. Ich hatte schon am Vorabend begriffen, als du dich von mir an der Straßenecke mit Küsschen auf die Wangen und den Worten verabschiedet hattest: »Ein gutes neues Jahr, Großnase.« Ich hatte begriffen, ich wollte sterben.

Bei Marie-Soleil habe ich kaum daran gedacht. Ich habe getanzt, ich habe geschrien, ich habe getrunken, ich habe gelacht. Es ist mir sogar endlich gelungen, Virginie in eine Ecke zu ziehen. Ich hatte gerade meine Hände unter ihren Pullover geschoben, als ich dich kommen sah. Und das hat mir weh getan, genau hier, wie ein Stich mit dem Steakmesser ins Herz. Denn ich erinnerte mich daran, was ich bereits begriffen hatte.

Du wusstest, dass ich Bescheid wusste. Wir gingen nach Hause, jeder zu sich, ohne miteinander zu sprechen. Meine Mutter stand gerade auf, um zu frühstücken, als ich ins Bett ging. Ich hätte am liebsten geweint, aber ich war zu müde. Über mehrere Tage beobachtete ich, wie du hin- und hergerissen warst zwischen dem Verlangen, mit deinem besten Freund zu sprechen, und der Gewissheit, dass du ihm weh tun würdest. Ich habe dir nicht geholfen, ich habe dich deinen Schuldgefühlen überlassen. Immer wenn ich spürte, dass du mich ins Vertrauen ziehen wolltest, habe ich mich aus dem Staub gemacht. Ich bin dem Thema so weit wie möglich ausgewichen, weil ich wusste, dass du es nicht mehr aushalten konntest. Du wusstest, dass ich Bescheid wusste und dass ich nichts wissen wollte.

Doch dann kam der Tag welcher. Der Tag, an dem es mich innerlich zerrissen hat, als ich dir zuhörte. Du bist bei mir aufgekreuzt, ohne dich vorher anzukündigen, hast mich mit Gewalt in mein Zimmer gezogen und aufs Bett gesetzt: »Ich habe mit François geschlafen.«

Dein erstes Mal. Trotz all meiner Liebe zu dir hoffte ich, dass die Erfahrung fürchterlich gewesen war. Dann hätte ich dich wenigstens trösten können. Aber nein. Als der scharmante Prinz die Prinzessin erweckt hatte, pflückte er sie behutsam, ohne ihre zarten Blütenblätter zu beschädigen.

Kein Schmerz, keine Tränen, kein Trauma. Eine Entdeckung, eine glückliche Erfahrung, grenzenlose Zärtlichkeit, unbändiges Gelächter in den Kissen. Du hast mir nichts erspart. Nicht den schönen Traum, nicht das Gefühl, eine richtige Frau geworden zu sein, nicht die Wärme zweier ineinander verschlungener Körper. Offen gesagt, du hast mich enttäuscht.

Du, mit deiner sonst immer so originellen Ausdrucksweise, hast mir die schönste Abfolge von Gemeinplätzen aufgetischt, die ich jemals gehört habe! Du hast mir nichts Neues erzählt, mein Mädchen! Da war nichts, was mich hätte beeindrucken, nichts, was mich zur Eile hätte antreiben können.

Deine Erfahrung ist letzten Endes genauso banal wie die aller anderen. Hättest du nicht wenigstens versuchen können, zu lügen und der Sache einen dramatischen, herzzerreißenden, geradezu philosophischen Anstrich zu geben? Aber nein. Du musstest genauso trivial sein wie die anderen.

Du kannst nicht wissen, wie weh du mir damit getan hast. Eine Million Mal habe ich mich an die Stelle deines François gewünscht.

Ich habe mich so in meinen Träumen verloren, dass mein Blut wie ein im Frühjahr angeschwollener Fluss durch meine Adern floss. Mein Herz klopfte so laut, dass ich die Worte nicht mehr hörte, die ich dir in den Mund legte. Der Schweiß lief dir über das Gesicht und in deinen Mundwinkeln bildeten sich Tröpfchen.

Du erzählst mir von körperlicher Liebe. Ich spreche ganz einfach von Liebe. Von Liebesträumen.

Mein erstes Mal wird vielleicht nicht mit einem Mädchen sein, das ich liebe, sondern mit einer Unbekannten, der ich zwei Stunden zuvor auf einer Party begegnet bin. Vielleicht werde ich zu aufgeregt sein und alles wird in zehn Sekunden vorbei sein. Vielleicht werde ich sogar daran sterben, weil ich mich aus lauter Sorglosigkeit nicht geschützt habe. Obwohl… Siehst du, Alice, ich bin nicht wie du: Ich gehöre zu den Vorsichtigen. Es stört dich, dass ich immer überall Gefahren sehe. Du stürmst los, den Kopf gesenkt, wie ein Stier auf das rote Tuch, ohne dich zu fragen, ob nicht hinter dem Tuch zufällig eine Mauer ist, an der du dir den Schädel einschlagen könntest. Der Zufall war dir immer gnädig. Nur deine Mauer, die bist du selbst.

Ich aber habe Angst. Angesichts der Millionen von Warnungen von allen Seiten gibt es zwei Arten zu reagieren. Entweder wirft man alle Vorsicht über Bord, weil man mehr als genug hat von den Ratschlägen der Eltern, der Ärzte und all derer, die nur unser Bestes wollen. Oder man sieht zu, dass man immer Kondome bei sich hat, vor allem wenn man splitternackt ist.

Ich habe Angst zu sterben, ich habe Angst vor Krankheit, ich habe Angst, nie Kinder haben zu können, ich habe Angst, nie ein Mädchen richtig lieben, liebkosen, anfassen zu können, nie mit einem Mädchen schlafen zu können. Ich habe Angst, von innen verfaulend in einem Krankenhausbett zu enden, hässlich, abgemagert, verlassen.

Du hast mir schon gesagt, dass ich wie ein alter Mann rede. Vielleicht. Ich spreche vor allem wie ein Junge, dessen Vater als Schwuler zur Gruppe der am meisten gefährdeten Personen gehört. Heute ist er treu, behauptet er. Aber ich vermute, dass er in den ersten Jahren, nachdem er seine Homosexualität erkannt hatte, die verlorene Zeit nachgeholt hat.

Er tut so, als wäre nichts, aber ich weiß, dass er dreimal einen Aidstest hat machen lassen. Er kauft mir Kondome, dabei weiß er, dass ich noch nie mit einem Mädchen geschlafen habe. Und er lässt keine Gelegenheit aus, mir zu erzählen, dass der und der – den er kennt oder von dem er gehört hat – gestorben ist. Mit allen Einzelheiten, versteht sich.

Du wirst sagen, dass es wie eine Droge sein wird, wenn ich erst einmal mit einem Mädchen geschlafen habe. Mein Verlangen werde so groß sein, dass ich völlig durcheinander gerate. Vielleicht werde ich dann nicht mehr so vorsichtig sein. Aber noch sind das Vermutungen.

Ich werde mir das Mädchen, in das ich mich verliebe, gut

aussuchen müssen. Obwohl auch das keine Garantie ist. Und dann muss es auch noch ein Mädchen sein, das mit mir schlafen will.

Annie, die ja vorgab, in allem erfahren zu sein, ließ nicht zu, dass ich sie unterhalb der Taille berührte. Selbst wenn sie gewollt hätte, sie hätte mir so viele Anweisungen gegeben – tu dies, tu das, mach es so, nicht so –, dass es wohl eher Biologieunterricht als Ekstase gewesen wäre. Ich wäre sicherlich enttäuscht gewesen. Ich bin froh, dass es nicht passiert ist.

Mir scheint, ich höre dich kichern. Glaubst du, dass ich unaufrichtig bin? Dass ich jetzt auf sie herabsehen kann, weil es zwischen uns aus ist? Dass ich dazu bereit war, Kleiderverkäufer zu werden, nur damit sie mit mir schläft? Ja, vielleicht bin ich ein bisschen unaufrichtig. Ein kleines bisschen...

Aber das ändert nichts. Beim ersten Mal möchte ich bis über beide Ohren in das Mädchen verliebt sein. Du mochtest ihn gern, deinen François. Bis ihn die Universität so in Anspruch nahm, dass er keine Zeit mehr für dich hatte. Dabei habe ich immer gehört, dass die Profs fürs Nichtstun bezahlt werden...

Ich weiß, dass dir das letzten Endes in den Kram passte, gab es doch einen gewissen Luc in deinem Umfeld, der so schnell wieder verschwand, wie er aufgetaucht war. Kannst du mir erklären, wie man jemanden über alles lieben kann und dann von einem Tag auf den anderen einfach aufhört, ihn zu lieben? Wahrscheinlich ist das so, weil man im Grunde nicht wirklich liebt. Annie habe ich schon vergessen.

Aber was ist das, wirklich lieben? Was kommt nach der Liebe auf den ersten Blick, wenn man wieder auf dem Erdboden gelandet ist? Ich bin sicher, du weißt es nicht. Trotz deines Scharfsinns, deiner Erfahrung, deines Wissens und auch trotz deiner Leidenschaft.

Soll ich es dir sagen? Ich glaube, du hast nie jemanden geliebt. Da hast du's! Du bist immer nur von einem zum andern gesprungen, wie eine Katze von Mülltonne zu Mülltonne. Du warst immer darauf aus, geliebt zu werden, nicht zu lieben. Und es funktioniert: Du wirst geliebt, aber das ist nie genug.

Wenn ich an das Wort Lieben denke, stelle ich mir vor, wie der Magen sich verkrampft und sich in dem Maße zusammenzieht, wie die Liebe den Körper, den Verstand, die Träume, jede Faser in uns erfasst, unseren Schutzengel inbegriffen.

Ich stelle mir vor, dass man nicht essen, nicht trinken kann, und sei es auch nur ein Glas Wasser, denn es geht nichts durch die Liebe hindurch, wenn sie so groß ist wie eine Schneewehe nach dem Sturm.

Ich stelle mir vor, dass man in jedem Augenblick nach dem anderen verlangt, denn die Liebe lässt uns atmen, sehen, vorwärts kommen. Die ganze Schönheit der Welt vergeht, wenn die Liebe verloren ist.

Ich stelle mir die Freude vor, wenn die Liebe da ist, das Lächeln, das selbst das dümmste Gesicht überzieht. Das zarte Gefühl in den Fingerspitzen, wenn man sich einander nähert, schon bevor man die begehrte Haut berührt, als wäre die Liebe zu groß für den Körper, als träte sie aus ihm heraus, umgäbe ihn mit Wärme.

Ich stelle mir den Schmerz vor, wenn die Liebe nicht da ist, die Kälte, die dann um uns ist, die Versuchung, magischen Kräften zu vertrauen, um die Liebe genau hierher, ganz in unsere Nähe zu holen.

Ich stelle mir vor... Stelle ich mir zu viel vor? Dann habe ich eben Pech gehabt, wenn ich eines Tages enttäuscht dastehe. Das ist weit weg, sehr weit weg, dann bin ich alt.

Jetzt ist erst mal der Frühling da und bringt die Leute ungewollt zum Lächeln, manchmal. Der Baum vor meinem Fenster ist voller Vögel. Ich beobachte, wie sie vor lauter Erregung in alle Richtungen fliegen, und höre sie singen. Es gibt Leute, die sagen: »Das sind ganz gewöhnliche Spatzen. Wenn wir im Süden lebten, wären die Vögel so viel schöner!« Aber ich möchte wetten, wer die Schönheit eines Spatzen nicht erkennt, wird seine Umgebung nie wahrnehmen.

Du siehst immer die hässliche Seite der Dinge. Ich hingegen schaffe es sogar an der Tankstelle, Schönes zu entdecken, nicht zu deprimiert zu sein. Ab und an kommt ein schönes Mädchen zum Tanken und lächelt mich an, wenn es mir die Kreditkarte zum Bezahlen gibt. Und dann denke ich mir alle möglichen Geschichten aus.

Dass sie mir vorschlägt, mit ihr einen Ausflug zu machen, und wir dann beim Reden feststellen, dass wir uns wunderbar verstehen. Dass wir auf dem Land anhalten, gemütlich spazieren gehen und unsere Schritte perfekt aufeinander abgestimmt sind. Dass wir uns unter einen Baum legen und dem Rauschen des Windes in den Blättern lauschen. In dem Augenblick, wo wir uns endlich küssen, hupt dann immer ein Kunde, um mich auf die Erde zurückzubringen.

Das stört mich nicht. Ich warte auf das nächste schöne Mädchen.

Sie sitzt vielleicht am Steuer eines Mercedes, und das heißt, sie ist sehr reich. Sie verliebt sich auf den ersten Blick in mich und – trotz des Widerstandes ihrer Eltern, weil ich arm bin – heiraten wir heimlich an meinem achtzehnten Geburtstag. Ihre Eltern verzeihen uns, denn ich bin inzwischen ein superpopulärer Rocksänger und noch reicher als sie! Gut, ich weiß, ich singe falsch. Na und?

Ganz anders du! Selbst in der allerschlimmsten Not würdest du es nicht einen Abend an der Tankstelle aushalten. Du fändest alles nur geistlos, schmutzig und unerträglich. An sehr kalten Abenden braucht es viel Fantasie, um über die Runden zu kommen, wenn einem die Finger fast abfrieren bei dem Versuch, die vereisten Tankdeckel zu öffnen. Dir fehlt es nicht an Fantasie, aber, um es einmal so zu sagen, du musst bis hier in Watte eingepackt sein, um deine Traummaschine anwerfen zu können.

Wenn du etwas tust, was du nicht magst, denkst du nur daran. Du kannst dann an nichts anderes denken. Du konzentrierst dich derart auf das, was du hasst, dass alles zehnmal schlimmer wird.

Erinnerst du dich daran, als wir klein waren und uns Geschichten ausgedacht haben? In deinen starb entweder das Mädchen oder sein Freund, und das Mädchen war für den Rest seines Lebens unglücklich. Ich machte immer kurzen Prozess. Alle starben und ich wandte mich anderem zu. Niemand weinte.

Du hattest seltsamerweise immer den Ruf, ein sonniges Mädchen zu sein, das gerne lacht. Du hast wirklich ein

schönes, helles Lachen. Aber ich weiß, dass es in deinem tiefsten Innern immer das Mädchen gab, das weinte, wie in all den Geschichten, die du dir ausdachtest. Ich glaube, du bist so auf die Welt gekommen.
Keinem deiner Herzensfreunde ist es gelungen, dich glücklich zu machen. Dabei hast du genau das immer von ihnen verlangt. Wozu sind sie denn sonst gut, Freundin oder Freund, wenn sie uns nicht glücklich machen? Dann sind sie doch nur dazu gut, uns unglücklich zu machen. Aber vielleicht irre ich mich. Und wenn du gerade das wolltest, nämlich unglücklich sein? Weil das dein wahres Wesen ist, weil du dich nur in der Traurigkeit lebendig fühlst. Und dir das eine verdammt gute Entschuldigung liefert.
Siehst du, du kannst nichts vor mir verbergen. Ich denke zwei Minuten nach und schon durchschaue ich dein Spiel. Ich kenne dich, Alice. Deshalb kann ich dich mitunter nicht ausstehen.
Die übrige Zeit liebe ich dich.
Aber was sollen heute solche Wortspielereien? Ich liebe dich, Alice, ich habe dich immer geliebt. Und du weißt es. Möglicherweise habe ich dich immer geliebt, weil du mich nicht geliebt hast. Auch ich aus Stolz? Vielleicht wäre es ein glatter Reinfall geworden, wenn wir zusammen gewesen wären. Vielleicht kann ich deine Fehler nur ertragen, weil wir kein Paar sind. Vielleicht hat dein schöner, inniger Kuss mich nur so überwältigt, weil er völlig überraschend kam, und es wäre die folgenden Male nie mehr so toll gewesen. Vielleicht war ich nicht wirklich eifersüchtig, sondern besitzergreifend, wie das häufig unter Freunden der Fall ist. Hm? Wie denkst du darüber?

Dein schönes Gesicht zeigt keine Regung. Aber man könnte meinen, dass da ein kleines Lächeln ist, im Mundwinkel, neben dem Grübchen.
Du hast immer diese Wirkung auf mich: Du siehst mich, ohne zu sprechen, ein wenig von der Seite her an, und schon zweifle ich an allem, was ich sage, an allem, was ich denke. Du kennst mich, wie ich dich.
Wir waren immer wie zwei Hunde, die sich aneinander gemessen haben, um herauszufinden, wer der Stärkere war. Es gibt Hunde, die nie ihre Zähne zu fletschen oder auch nur zu knurren brauchen, die nur dem anderen Hund in die Augen zu sehen brauchen, damit er den Kopf senkt und weggeht.
Ich habe nie den Kopf gesenkt, ich bin nie weggegangen. Aber du warst immer die Stärkere. Also, willst du mir jetzt endlich sagen, was du da tust?
Du bist immer noch genauso schön; friedfertig, wie ich dich selten gesehen habe. Ich habe die ganze Nacht nicht geschlafen. Ich habe nicht geglaubt, dass so viel Wasser in einem sein könnte. Ich habe ein Stechen, genau da, links. Mein Hals ist wie zugeschnürt. Und meine Augen brennen Es ist, als ob eine Hand mein Herz so fest zusammenpresst, dass ich blaue Flecke bekomme. Komm zurück, Alice. Wenn du es nicht für dich tust, dann tu es für mich.

Noch ein Blumenstrauß. Sie haben versucht, Blumen aus Tonbändern zu machen! Eine gute Idee, das riecht nach nichts.
»UNSERER SCHÖNSTEN STIMME. DEINE TRUPPE VOM RADIO«

Dreizehn Uhr dreißig

....

Die Zukunft

In einer halben Stunde werden die anderen da sein. Wahrscheinlich tausendfünfhundert Leute auf einen Schlag, weil du so beliebt bist. Viel Zeit bleibt mir nicht mehr.
Dreißig Minuten, die abgelaufen sind. Eine Gegenwart aus unendlich langen Sekunden. Und eine Zukunft von dreißig Minuten. Das ist tatsächlich alles, was uns bleibt, uns beiden, nicht wahr?
Ich habe mir nie Gedanken über die Zeit gemacht. Zumindest habe ich mich nie hingesetzt, um darüber nachzudenken. Ist dir klar, wie viele Jahre wir miteinander verbracht haben? Wie viele Monate, Wochen, Stunden wir zusammen waren, ohne uns dessen bewusst zu sein? Ich bin erst sechzehn Jahre alt, aber ich habe schon das Gefühl, nein, ich bin mir sicher, Zeit vergeudet zu haben.
Es gibt so viele Dinge, die wir hätten machen können, hätten machen müssen, so viele Dinge, an die wir nicht gedacht haben. Zum Beispiel zelten gehen, auch wenn du nicht weiter als drei Meter von einem Bad entfernt leben kannst. Einen Roman schreiben, einen Comic, Frösche züchten… Musik machen, ja, warum eigentlich nicht?
Wir haben Lichtjahre damit verbracht, neue Platten zu hören, uns die Nächte um die Ohren geschlagen und über alles diskutiert, über Stimmen, Musiker, Arrangements,

Plattencovers. Keiner hat mit seiner Meinung zurückgehalten: »Ich hätte mein Gitarrensolo genau hier gespielt« oder »An seiner Stelle hätte ich die Geige statt der Orgel eingesetzt«; vielleicht hätten wir eine Band gründen sollen.
Du hast eine helle, klare Stimme. Ich hätte Keyboard lernen können. Sebastien ist ein Genie auf der Gitarre, und Josianne liegt uns ständig in den Ohren, dass sie besser Bass-Gitarre spielt als jeder Junge.
Ich kann mir uns gut vorstellen. Wir hätten mit bekannten Titeln angefangen, dann hätten wir unsere eigenen geschrieben. Wir sind nicht schlechter als die anderen. Um eine Band aufzubauen, braucht es gar nicht so viel Talent, nur Ideen, Mut und ein Image. Und mit dir wäre es ein Leichtes gewesen, ein Image zu bekommen.
Zu tausenden hätten dir die Jungen zu Füßen gelegen, davon bin ich überzeugt. Wir wären schnell reich und berühmt geworden. Und danach? Danach hätten wir etwas anderes gemacht. Wahrscheinlich wären wir zum Film gegangen. Du zumindest, mit Sicherheit. Wir hätten daran denken sollen, als es an der Zeit war? Aber man meint, das ganze Leben noch vor sich zu haben. Und das Leben ist lang, lang, lang. Statistisch bleiben mir noch gut sechzig Jahre. Ich habe alle Zeit der Welt. Aber es ist, als ob ich nicht erfasste, was das heißt.
Was bedeuten zehn, zwanzig, dreißig, vierzig Jahre, wenn man gerade mal sechzehn ist und sich kaum an die Hälfte der Jahre erinnert? Das Schlimmste ist, dass ich manchmal das Gefühl habe, schon alt zu sein! Du hast immer den Eindruck erweckt, schon alt zu sein, und zwar wirklich alt, älter, abgeklärter... Der große Unterschied zwischen dir

und mir besteht jetzt darin, dass deine Zukunft genau vorgezeichnet ist, während meine im dichten Nebel schwimmt.

Und wenn ich noch so genau vorausplante: Was auf unserem Planeten passiert, könnte alles durchkreuzen. Wir sind auf Gedeih und Verderb der Weltwirtschaft ausgeliefert, die, wie es scheint, sich ihre eigenen Gesetze macht oder von selbst aus dem Tritt gerät. Wir sind den Religions- und Bürgerkriegen ausgeliefert, jedem menschlichen Wahnsinn. Wir sind den Umweltverschmutzern, dem Elend, der Armut, Krankheit und Depressionen ausgeliefert. Wir sind dem erstbesten betrunkenen Kerl ausgeliefert, der mit seinem Auto, über das er die Kontrolle verloren hat, auf uns zurast. Wir sind jedem x-beliebigen Irren ausgeliefert, der im Besitz der Wahrheit zu sein glaubt und beschließt, sich in der Metro in die Luft zu jagen und dabei alle mit sich nimmt, die zufällig dort sind.

Ich bin gegen jede Art von Gewalt allergisch. Und ich verstehe sie nicht.

Ich verstehe nicht, warum man einen Menschen oder ein Tier schlägt. Ich verstehe nicht, dass Kinder kaltblütig ermordet werden, unter dem Vorwand, es sei Krieg. Ich verstehe nicht, wie man jemanden beschuldigen kann, einzig und allein wegen seiner schwarzen Hautfarbe, wie man ein Mädchen bedrohen kann, nur weil es einen nicht liebt.

Was ist so schlecht in uns? Woher kommt dieser entsetzliche Hass, den wir alle, da bin ich sicher, empfinden? Der Mensch, ein hoch entwickeltes Wesen?

Tiere sind weniger grausam als wir. Sie gehen nicht auf Schulhöfe, um Drogen an kleine Kinder zu verkaufen. Ich wäre lieber eine Katze, auch wenn es hart ist, im Januar bei minus zwanzig Grad im Freien zu leben.

Du hast mich oft gefragt, wie man trotz all dieser Gewalt, trotz dieses ganzen Hasses um uns herum leben kann. Wie Menschen Kinder bekommen können, obwohl sie wissen, dass die Welt, in die sie geboren werden, eine wahre Hölle ist, dass sie sie auf ein Pulverfass setzen, dass sie selbst eines Tages sterben werden und ihre Kinder sich dann ganz alleine durchschlagen müssen. Ich weiß es nicht. Ich möchte lieber keine Kinder haben. Aber ich bin nun einmal auf der Welt und ich will leben. Das ist einfach so. Es ist stärker als ich, stärker als du.

Du sagst immer, dass ich nicht wie die anderen Jungen bin, weil ich sanft bin. Wie kommst du denn darauf? Es gibt viele sanfte Jungen. Das Problem ist, dass die Muskelprotze die Gesetze machen. Oder die Angeber, denen der Teil des Gehirns fehlt, wo die Gefühle sitzen. Von diesen Typen gibt es eine ganze Menge, da gebe ich dir Recht.

Darf ich mich setzen? Ich laufe schon eine ganze Weile auf und ab. Ich muss mindestens zehn Kilometer zurückgelegt haben. Meine Schritte machen kein Geräusch, ich gehe ganz leise, gleite eher; wie auf einem Luftkissen, schwebe fast. Ich fühle mich außerhalb der Realität.

Träume ich? Habe ich einen Alptraum? Bitte, kneif mich!

Es ist eigenartig: Ich rede und rede und sehe dich nicht mal an. Sicher weil du so anders aussiehst. Diesen friedlichen Ausdruck habe ich nie an dir gesehen.

Deine Schönheit ist entstellt. Ich kannte dich immer mit sorgenvoller, ernster Miene, der Miene eines Menschen, der die ganze Hässlichkeit des Lebens nur zu gut erkennt, der in die Zukunft zu blicken scheint. Meiner Meinung nach hast du diese Gabe. Ich frage mich sogar, ob du dein Schicksal nicht seit deiner Geburt kennst. Du hättest lernen sollen, Karten zu legen.

Du bist ein Jahr nicht zur Schule gegangen, weil du sagtest, dass das Lernen nichts brächte, dass es keine Zukunft mehr gäbe. Weiter sagtest du, das Wort Zukunft sollte aus dem Lexikon gestrichen werden, weil es ein veralteter Begriff ist, den man heute nur noch gebraucht, um auszudrücken, dass es ihn nicht gibt.

Du sagtest, die Hoffnung sei ein Bonbon, den das System dir gibt, bevor es dich im Ganzen verschlingt, wie die letzte Zigarette, die man dem Verurteilten vor seiner Hinrichtung anbietet. Du sagtest, man könnte nichts tun, um dem zu entgehen; kein Mensch, egal welchen Beruf er hat oder welche Tätigkeit er ausübt, könnte sich rühmen, außer Reichweite zu sein, frei zu sein. Du sagtest, die letzte freie Handlung bestünde gerade darin, sich einfach auszuklinken, Nein zu sagen.

Du hast dich ausgeklinkt. Aber du hast dich deswegen nicht freier gefühlt.

Ausnahmsweise bin ich dir nicht gefolgt, ich, der ich sonst immer in deinen Spuren wandelte. Aber ich habe nie Argumente finden können, die deinen standgehalten hätten, wenn es darum ging, meinen Wunsch zu rechtfertigen, weiter in die Schule zu gehen.

Im Grunde genommen hast du ja vielleicht Recht damit, dass es keine Zukunft gibt, dass ich mich in Illusionen wiege, mich hinter einer dunklen Brille verstecke, meine Träume für die Wirklichkeit halte. Vielleicht werde ich mich vom System verschlingen lassen und anfangen, das Geld zu lieben. Mit zunehmendem Alter werde ich Scheuklappen tragen, um das Elend nicht zu sehen, und mich in meinem Egoismus und meiner geistigen Enge verschließen.

Vielleicht aber auch nicht. Und wenn ich an mich selbst glauben könnte?

Du hast immer so selbstsicher gewirkt! Und ich immer wie ein kleiner, schüchterner Junge, der »Ja, Alice« sagt. Aber letztlich habe ich von uns beiden das größere Selbstvertrauen.

Ich weiß, dass ich leben will: Ich bin dir schon um eine Länge voraus.

Ich will sogar sehr lange leben. Und wenn ich sterben muss, nun, dann werde ich eben ein Gespenst!

Ich kann mir ganz gut vorstellen, wie ich in einem neuen Haus herumspuke. Schließlich müssen auch für die Gespenster neue Märkte erschlossen werden! Aber ich wäre nicht von der bösen Sorte. Ich könnte Kinder nicht in ihr Zimmer sperren und ihnen Angst einjagen, indem ich mich in einen Grauen erregenden Dämon verwandle. Ich wäre eher ein nettes Gespenst, das Kindern mit Schwierigkeiten in der Schule die Hausaufgaben macht. Irgendetwas Albernes in der Art.

Vielleicht könnte ich auch einen Jungen oder ein Mädchen vor dem Selbstmord bewahren... Ich bin sicher, wenn du könntest, würdest du mir sagen, ich solle den Mund halten. Ich rede selten so, ohne Pause, wie aufgezogen, als ob ich ganz alleine ein Rennen liefe.

Es ist ein eigenartiges Gefühl, dass ich mit dir zusammen

bin und du nichts sagst. Normalerweise hätte ich kaum die Zeit gehabt, zwei oder drei Sätze anzubringen. Du hättest mich sofort unterbrochen, mir widersprochen, mir eine Standpauke gehalten. Du wärest losgepescht, um mir zu erklären, zu präzisieren, zu zeigen, wo ich Unrecht habe, wo ich übertreibe, wo ich auf dem Holzweg bin. Ich hätte dir andächtig zugehört, ohne dass du mich überzeugt hättest. Dann hätte ich das Thema gewechselt und alles vergessen. Nicht so du. Du erinnerst dich an alle unsere Gespräche, unsere Streitereien, unsere verrückten Ideen.
Du bist sicher so unglücklich, weil du ein außergewöhnliches Gedächtnis hast. Jede Boshaftigkeit, Engherzigkeit, jede Lüge – auch wenn du selbst ganz groß darin bist –, jeden schlechten Scherz, jede bösartige Stichelei, jede gemeine Anspielung, jedes grausame Wort hast du hinter deiner stolzen Stirn gespeichert. Das ist eine schwere Belastung, denn selbst in einem so kurzen Leben wie dem unseren kann schon ein verdammt großes Paket verletzender Worte zusammenkommen.
Ich bin ein unverbesserlicher Optimist, wahrscheinlich weil ich alles vergesse. Vergessen ist vielleicht nicht ganz das richtige Wort; sagen wir es einmal so, ich denke nicht mehr daran.
Was ist besser? Ich beneide dich um deinen Scharfblick und ärgere mich über mein leeres Hirn. Du bist dann doch ins Collège zurückgekommen, nach einem Jahr Nichtstun. Da hatte wohl die Langeweile über die Hoffnungslosigkeit gesiegt. Damals.
Deine Eltern haben dich nicht vor die Tür gesetzt und auch du hast die Tür nicht zugeschlagen. Du bist nicht durch die

Straßen geirrt. Du hast ein Jahr mit Lesen, Musikhören, Schlafen zugebracht. Du warst schweigsam. Eine Seltenheit.

Anstatt dich mit deinen Eltern auseinander zu setzen, hörtest du ihnen widerspruchslos zu, wenn sie die Vorzüge der Schulbildung priesen. Wobei sich besonders deine Mutter darüber lang und breit auszulassen pflegte, denn dein Vater hatte immer sein Scheitern im Kopf. Er, der Ingenieur, der so lange studiert hatte, hatte sich bei seinen Geldanlagen wie ein kleines Kind reinlegen lassen. Deshalb hat er sich mit Ratschlägen sehr zurückgehalten.

In gewisser Weise hast du dich weitergebildet. Weil du einen Heißhunger auf Lektüre hattest. Du hast wirklich wahllos gelesen. Alles was dir zwischen die Finger kam. Kulinarische Zeitschriften, Horoskope, Schnäppchenführer, verstaubte französische Klassiker, Gedichte, Biografien von Heiligen, das Lexikon, die Zeitung von Rosemont, philosophische Abhandlungen. Hast du alles verstanden, was du gelesen hast? Bestimmt, aber vielleicht falsch.

Du hast mir immer vorgeworfen, dass ich nur Comics lese oder Bücher, deren Sinn und Zweck einzig darin liegt, den Leser zum Lachen zu bringen. Ich sehe nicht ein, warum ein lustiges Buch weniger tiefgründig sein soll als ein Drama. Du wirst schon sehen, wahrscheinlich ist es sogar genau umgekehrt. Als läge die Tiefgründigkeit im Tod! Wenn du tot bist, bist du tot! Und das Tiefste, wohin du gehen wirst, ist zwei Meter unter die Erde…

Ich lache gern. Was nicht heißt, dass ich grenzenlos leichtfertig bin. Ich meine es ernst, wenn ich sage, dass ich Medizin studieren werde. Bei dieser Entscheidung hat das

Geld aber keine Rolle gespielt. Überhaupt keine! Ich möchte nützlich sein. Ich sehe mich schon bei den ›Ärzten ohne Grenzen‹. Auf Bequemlichkeit und Luxus kann man verzichten. Du mit deiner negativen Einstellung wirst mir sagen, dass nützlich sein wollen und diesen Wunsch in die Tat umsetzen in erster Linie der eigenen Befriedigung dient. Und wenn! Es hindert mich ja nicht daran zu helfen, Schmerzen zu lindern, zu heilen, zu trösten.

Ich werde nicht zwölf Patienten in einer Stunde durchziehen. Ich werde mir für jeden Fall die nötige Zeit nehmen. Ich werde freundlich, mitfühlend sein. Ich werde Hausbesuche machen. Ich glaube sogar, ich werde keine Zeit für Mädchen haben. Obwohl sie sicherlich vor meiner Tür Schlange stehen werden – hinter einem Arzt sind sie her –, aber das hat mit meiner Entscheidung selbstverständlich nichts zu tun. Ganz und gar nichts.

Ich könnte auch zur Weltgesundheitsorganisation gehen. Und, wer weiß, vielleicht endlich die Lösung für das Problem der Überbevölkerung der Erde finden.

Oder ich könnte über Aids forschen und das Wundermittel entdecken.

Oder ich könnte den Alterungsprozess erforschen und unser Leben auf einhundertundzehn Jahre verlängern.

Oder ich könnte die Wasserverschmutzung vermindern, oder einfach das Gen des Hasses in uns beseitigen. Es gibt so viel zu tun, Alice.

Kannst du dir für eine einzige Sekunde die ungeheure Freude vorstellen, wenn es gelänge, das Leben für alle Menschen zu verbessern?

Als deine Wahl auf das Theater fiel, hast du es auch getan,

auf deine Art. Die Menschen aufzurütteln, sie zum Lachen zu bringen, sie für zwei Stunden ihre Probleme vergessen zu lassen oder ihnen den Spiegel vorzuhalten, damit sie sich selbst besser verstehen, ist eine unglaubliche Fähigkeit. Du wärest nicht nur schön auf der Bühne, du wärest auch nützlich.

Wovon träumst du in diesem Augenblick? Denn ich bin sicher, dass du träumst.

Wie wir träumen, darin liegt der eigentliche Unterschied zwischen uns. Du hast immer nur geträumt, wenn du geschlafen hast. Während ich seit sechzehn Jahren träume, wenn ich wach bin. Man könnte meinen, du träumst nie. Ich habe dich noch nicht einmal sagen hören: »Die Leute werden wissen, was eine wirkliche Schauspielerin ist, wenn sie mich spielen sehen!« Du musst immer glauben, dass du die Beste sein wirst; was hätte es sonst für einen Sinn?

Wenn du glaubst, dass man dir immer die Rolle des Dienstmädchens geben wird, wirst du nur das bekommen. Wenn du nicht Großes anstrebst, wird aus dir nichts werden. Und das hat noch nicht einmal etwas mit Selbstvertrauen zu tun, sondern damit, was man sich erträumt.

Wenn ich mir vorstelle, dass ich der erste Chirurg bin, dem eine Gehirntransplantation gelingt, ist das natürlich ein Traum, der mir Freude macht. Wenn ich mir eine Freude mache, mache ich mich selbst glücklich. Und wenn ich glücklich bin, habe ich vor nichts Angst. Und wenn mir nichts Angst macht, ist nichts unmöglich. Und wenn alles möglich ist, werde ich vielleicht eines Tages diese Transplantation machen. Wenn nicht, ist es nicht schlimm. Mein Traum wird mich irgendwohin führen, wird mich an-

treiben. Und wenn ich auf die Nase falle, dann habe ich eben Pech gehabt.
Aber das wird mir mit Sicherheit nicht passieren.
Sag, Alice, hat das alles Sinn, was ich dir da seit mehr als einer halben Stunde erzähle? Ich muss mich wiederholen, mir widersprechen. Ich muss Dinge sagen, die mir durch den Kopf gehen, andere, die über meinen Horizont hinausgehen, intelligente Dinge und dann wieder vollkommen dummes Zeug.
Vielleicht hättest du es lieber, wenn ich nichts sage, wenn ich nur still in deiner Nähe bin. Schließlich haben wir unsere Zeit oft so miteinander verbracht. Wir haben uns wohl gefühlt, wenn wir nichts sagten und einfach nur miteinander vor dem Fernseher hockten, um einen Film zu sehen, oder in den Bergen wanderten. Man muss nicht immer reden. Aber ich kann einfach nicht aufhören.
Ich rede, um zu reden, denn diesmal ist die Stille furchtbar, sie ist kalt, lang und trostlos. Ich rede, weil ich will, dass du mich hörst, dass du zurückkommst, dass du die Augen aufmachst, mich anlächelst und fragst: »Was machst du denn hier? Immer noch die alte Klette!« Dass du überrascht bist und alles vergessen hast, was ich dir erzählt habe. Dass es so ist wie früher!
Ich rede, weil es stärker ist als ich. Es kommt aus mir heraus wie ein Windstoß, wie Tränen, wie ein Schrei, selbst wenn ich kaum ein Murmeln hervorbringe. Es muss aus mir heraus, damit es weniger weh tut. Du bist die Einzige auf der Welt, die mich so unglücklich machen kann.
Und wenn es um dich geht, akzeptiere ich es, unglücklich zu sein. In gewisser Weise beschäftigst du dich mit mir.

Denn sag mir nicht, du hättest nicht ein bisschen an mich gedacht, du hättest nicht daran gedacht, dass du mir Schmerz zufügen würdest. Einen so ungeheuren Schmerz, dass ich auf dem Weg hierher jeden, den ich auf der Straße lächeln sah, am liebsten ohne besonderen Grund angeschrien hätte, keiner auf dieser Erde habe mehr das Recht zu lächeln.

Die Erde. Bist du noch auf der Erde, Alice? Du hast nicht das Recht zu gehen! Ich werde dafür sorgen, dass du zurückkommst. Ich werde dich schütteln, Alice. Mach schon, wach auf! Es reicht! Du bist nicht komisch. Hör mit dem Theater auf. Du würdest alles tun, um Aufmerksamkeit zu erregen, oder? Gut, es ist dir gelungen, bist du nun zufrieden? Es ist nicht mehr witzig. Wach auf, wach endlich auf! Ich habe zu laut geschrien, ich habe jemanden auf mich aufmerksam gemacht. Ich habe so getan, als ob ich dir die Arme streichele, habe mich von dir entfernt, mit unschuldiger Miene. Sie hat mich gefragt, ob ich etwas brauche, ob ich mich nicht ausruhen will. Ich hätte mich liebend gern unter dem Fußboden verkrochen. Noch lieber aber wäre ich weggelaufen.

Ganz schnell weggelaufen, denn es ist nicht auszuhalten, wie diese Blumen riechen. Es ist nicht auszuhalten, dich dort liegen zu sehen, bewegungslos. Es ist nicht auszuhalten, dass ich mich beherrschen muss, versuchen muss, gefasst, ja sogar zornig auszusehen. Es ist nicht auszuhalten, deine Stimme nicht zu hören, nicht zu sehen, wie sich deine Augen öffnen, blinzelnd im Licht, so wie du mitten im Unterricht aufwachst, wenn du vor Langeweile eingeschlafen bist...

Atmen, Mathieu. Tief durch die Nase einatmen, langsam durch den Mund ausatmen, alle Luft aus dem Bauch rauslassen. Und von vorne.
Noch einmal.
Und noch einmal.
Es geht mir besser.
Vielleicht werden solche Dinge in der Zukunft nicht mehr passieren. Ich meine den Verlust der Selbstkontrolle. Wissenschaftler werden herausfinden, dass ein oder zwei unvollkommene Gene uns bei starken Emotionen anfällig machen. Von Geburt an könnte man dann dieser Schwäche abhelfen und es gäbe keine zu intensiven Gefühle mehr. Wir wären nie mehr unglücklich – wie ich es gerade bin.
Wer weiß, möglich ist alles.
Du hast Sciencefictionromane nie gemocht. Ich bin ganz wild darauf. Obwohl die Zukunft in diesen Romanen nie allzu lustig ist. Besser ist der Mensch da auch nie. Aber es ist ja alles nur erfunden.
Ich glaube, es bleibt uns gar nichts anderes übrig, als bessere Menschen zu werden. Unsere physische Gesundheit hat sich in den letzten hundert Jahren um 300 % verbessert. Unsere geistige sollte nachziehen. Wir konnten eben nicht alles auf einmal machen.
Wir sind heute zu gut informiert, zu gut ausgebildet, um uns hinters Licht führen zu lassen, oder? Wir haben im Fernsehen zu viele schreckliche Verbrechen aller Art gesehen, als dass wir sie wiederholen könnten, oder? Früher wussten die Menschen einfach nicht Bescheid. Heute gibt es so viele Journalisten, Spezialisten, Psychologen, Wirt-

schaftsexperten, Politologen, Gewerkschaften, Soziologen, Wachhunde, dass man nicht immer wieder dieselben Fehler machen kann, meinst du nicht auch? Wenn diese ganze illustre Gesellschaft uns nicht davon abhält, wozu soll sie dann gut sein?
Die Welt ist klein. Wir wissen, was sich in jedem Winkel der Erde abspielt. Wir können alles überwachen, wenn es nötig ist eingreifen.
Jetzt wirst du mich fragen: »Was heißt hier, wenn es nötig ist? Wenn die Menschen an Hunger sterben oder wenn eine Ölquelle bedroht ist?«
Deine Fragen werden mir langsam lästig. Immer fragst du gerade das, worauf ich keine Antwort weiß.
Weißt du, was ich gerne machen würde? Mich im Weltraum umsehen, ob es nicht Menschen gibt, die das Geheimnis des Glücks gefunden haben, die Hunger, Armut, Gewalt und Traurigkeit endgültig ausgerottet haben.
Ich glaube, ich werde meine Ziele zunächst einmal nicht ganz so weit stecken. Ich habe seit langem Lust zu reisen. Warum soll ich mich nicht nächstes Jahr aufmachen? Nichts hindert mich daran, ein Jahr auszusetzen. Ich könnte sechs Monate ganztags an der Tankstelle arbeiten und dann zu einer Reise um die Welt aufbrechen.
Auch wenn man die Welt im Fernsehen aus allen Blickwinkeln sehen kann, es lohnt sich vielleicht, loszuziehen und selbst zu sehen, welches Ausmaß die Schäden haben und was noch von der Schönheit der Welt übrig geblieben ist. Schließlich gibt es ja auch noch Menschen. Ich kann einfach nicht glauben, dass die Welt nur von Profitjägern bevölkert ist.

Du siehst immer und überall Gefahren. Es ist schon wahr, du bist ein Mädchen, und Mädchen haben es schwerer. Nicht dass du dich nicht verteidigen könntest, aber es gibt weitaus mehr Männer, die Frauen hassen, als umgekehrt. Und selbst wenn genauso viele Frauen die Männer hassen, sind sie doch sicherlich weniger gefährlich.

Wirklich eine gute Idee, auf Reisen zu gehen. Zunächst fahre ich nach Europa, um mich ans Reisen zu gewöhnen, ohne zu weit weg von meiner Mutter zu sein. Um all das zu sehen, was wir aus Filmen kennen, die Champs-Élysées, den Big Ben, die Staus und lautstarken Auseinandersetzungen in Rom, die Tempel in Griechenland.

Dann fahre ich nach Asien. Ich habe immer von Asien geträumt. Es ist so geheimnisvoll: China und Japan, ihre Traditionen, ihr Gedankengut, ihre Philosophie.

Und dann fahre ich auf wenig bekannte Inseln. Zumindest kenne ich niemanden, der dort war, nicht einmal einer aus dem Freundeskreis meiner Eltern. Ich fahre nach Sumatra und nach Borneo, denn ich liebe die Namen. Das sind mit Sicherheit Länder, in denen es von gefährlichen Insekten aller Art nur so wimmelt.

Ich fahre nach Australien und kaufe dir einen Koala. Du findest sie so schön. Beim Einschlafen würdest du ihn fest an dich drücken, ein kleines Mädchen, das tief im Herzen noch nicht erwachsen geworden ist.

Ich fahre in die Antarktis, weil sie der kälteste, kärgste Ort auf der Welt ist. Übrigens wäre ich nicht abgeneigt, später einmal zu einer dieser Wissenschaftlergruppen zu gehören, die dort für ihre Forschungsarbeit vor Anker gehen, während der langen Wintermonate in ihren Camps von der

Welt abgeschnitten und auf Gedeih und Verderb den Elementen und der Einsamkeit ausgesetzt, mit Pinguinen und Seehunden als Gefährten. Das scheint mir eine sehr gute Sache zu sein. Aber vielleicht würde ich es nicht länger als drei Tage aushalten.
Zurückkehren würde ich über Afrika, um Giraffen, Löwen und Elefanten zu sehen. Nachdem ich freundschaftliche Bande zu Pygmäen und Massais geknüpft hätte.
Ich würde einen Sprung nach Südamerika machen und vielleicht in den Wäldern des Amazonas noch unbekannte Stämme entdecken. Ich wäre der erste weiße Mann, den sie sehen; aber ich würde niemandem von ihnen erzählen, damit man sie in Ruhe lässt. Außer dir, natürlich.
Dann würde ich in aller Ruhe wieder gen Norden fahren, über Mexiko und die Vereinigten Staaten bis hierher.
Ich glaube, ich würde verändert zurückkehren. Sicherlich besser. Und dann?
Ich weiß nicht. Ich kann nicht alles vorhersehen.
Oh! Noch mehr Blumen!
Ein vollkommen unpersönlicher Strauß, eine Bestellung von der Art: »Ich hätte gern einen Blumenstrauß zu dem und dem Preis.«
»DER SCHÖNSTEN. FRANÇOIS«

Dreizehn Uhr vierzig

Das Leben

Mir bleiben noch knapp zwanzig Minuten mit dir. Aber ich bin außer Atem. Es kommt mir beinahe so vor, als liefe ich einen Marathon, auch wenn ich noch nie einen gelaufen bin.
Ich kann mir vorstellen, dass es da Ähnlichkeiten gibt. Man stürmt los, gibt alles, was man hat. Hört nicht auf, selbst wenn man fühlt, dass man nichts mehr zu geben hat, dass man nichts mehr zu sagen hat, weil man weiß, dass immer noch ein Fünkchen Kraft da ist, ein kleines Wort irgendwo in einem steckt.
Das Zielband erscheint mir zugleich nah und fern. In erster Linie fern. Die letzten Kilometer, die letzten Minuten ziehen sich endlos in die Länge. Sie sind wie kleine Ewigkeiten, wie Granitblöcke, durch die man hindurchmuss.
Wenn gleich die Besucher kommen, habe ich bestimmt drei Kilo abgenommen. Mindestens. Dabei muss ich wirklich nicht abnehmen, dünn wie ich bin. Wenn ich enge Pullover trüge, sähe ich aus wie eine Mumie.
Die Minuten sind kostbar und doch bin ich ein bisschen Luft schnappen gegangen. Ich musste mir den Kopf durchpusten lassen. Er arbeitet auf Hochtouren, sodass mein Schädel zu bersten droht. Man könnte annehmen, dass ich nicht häufig genug denke.

Es heißt, dass wir nur 10 % des Potenzials unseres Gehirns nutzen. Bei einigen scheint es jedoch mehr zu sein. Vielleicht ist das auch nur eine Riesenlüge, damit wir uns einreden, wir könnten intelligenter sein. Es wäre entmutigend festzustellen, dass uns da Grenzen gesetzt sind.
Du sagst immer, dass niemand etwas neu erschafft, dass wir uns nur wiederholen. Meiner Meinung nach ist das richtig. Nimm die Hunde: Wenn ihnen ständig wiederholt wird »Komm«, »Platz«, »Gib«, »Sitz«, prägen sie sich die Worte schließlich ein. Wer weiß, ob das bei uns nicht genauso ist?
Wenn uns, wie den Hunden, immer wieder gesagt wird: »Wir sind alle gleich«, werden wir vielleicht dahin kommen, uns plötzlich zu sagen: »Stell dir vor! Wir sind alle gleich!« Als ob die schöne Theorie zur Tatsache geworden wäre.
Wenn ich im Philosophieunterricht so reden könnte, bekäme ich bestimmt eine Eins. Noch nie habe ich mir so viele Fragen gestellt. Es ist wirklich dumm, dass das zu einem Zeitpunkt passiert, wo alles kippt. Wenn ich mir aber andererseits das Hirn immer so zermartern müsste, würde ich verrückt, noch bevor ich volljährig bin. Du stellst dir ständig Fragen. Das muss zur Hölle werden.
Es ist kein Leben, sich immer zu fragen: Warum? Mit zwei Jahren ist es normal. Aber wenn man erwachsen ist? Ich will damit nicht sagen, dass man sich keine Fragen stellen soll, bestimmt nicht. Aber ununterbrochen? Man muss doch im Leben auch loslassen können.
Ist dir schon aufgefallen, in wie vielen Redewendungen das Wort Leben vorkommt? Am Leben sein, das Leben retten,

um das Leben kämpfen, das Leben kosten, sein Leben riskieren, Lebensstandard, das Leben schenken. Es müssen mindestens tausend sein. Das liegt ein bisschen in der Natur der Dinge und dem kann man sich nicht entziehen. Das Leben ist alles. So simpel ist das.

Was bewirkt, dass ich ich bin? Was hat bewirkt, dass ausgerechnet DIESES Spermium meines Vaters, eines von mehreren zehn Millionen, das Ei meiner Mutter befruchtet hat, um mich zu erschaffen, mich, und niemanden anderen? Warum mich?

Ich denke an all das, was seit meiner Geburt und auch davor, seit meiner Zeugung, geschehen ist. Die neun Monate, die ich brauchte, um mich von einer Zelle zu einer Kaulquappe, zu einem Fisch, zu einem menschlichen Wesen zu entwickeln. Ich stelle mir meine Schreie vor, als ich aus dem Bauch meiner Mutter herausgekommen bin, und ihre, denn ich soll einen sehr großen Kopf gehabt haben.

Ich kann mich nicht an mein erstes Lächeln, an meine ersten unsicheren Schritte und auch nicht an meine ersten Worte erinnern. Aber ich weiß, dass sie für meine Eltern Augenblicke des Glücks waren.

Ich erinnere mich allerdings an meine ersten Schultage, wie ich verloren auf dem Hof stand und meinen viel zu großen Ranzen hinter mir herschleppte. Ich erinnere mich an das erste Buch, das ich ganz oder nahezu alleine gelesen und dessen Handlung ich ohne fremde Hilfe verstanden habe: Es war ein Band von Tim und Struppi. Ich erinnere mich an die Zeichentrickfilme, die ich mir zehnmal hintereinander angesehen habe, an die Schokoladentorte, die meine Mutter immer zu meinem Geburtstag gebacken hat.

Ich erinnere mich an meine erste Ski-Abfahrt, an meine ersten nächtlichen sexuellen Erregungen. Ich erinnere mich an die ersten Schweißflecken an meinen Pullovern, an deinen Kuss und alles andere.

Wenn ich heute sterben würde, wäre alles verloren. All diese Erinnerungen hätten letzten Endes keinerlei Daseinsberechtigung mehr. All jene ersten Male, jenes Leben wären ausgelöscht, für nichts und wieder nichts? Das darf doch nicht sein.

Denk an die Anfänge des Lebens, den Urknall am Beginn des Universums, an die Milliarden Planeten, Sterne, Galaxien! Wenn du in den Himmel schaust, betreibst du etwas weniger Nabelschau! Fest steht aber auch, dass du, wenn du zu viel in den Himmel schaust, nicht siehst, wohin du gehst. Und wenn du dann einmal stolperst und hinfällst, kannst du dir mächtig weh tun …

Hörst du mich? Ich erteile dir gerade eine Lektion. Ich! Normalerweise würdest du jetzt in schallendes Gelächter ausbrechen. Und außerdem müssen meine Ohren feuerrot sein, so heiß ist mir, so aufgeregt bin ich.

Vorhin war mir entsetzlich kalt. Jetzt schwitze ich. Ich muss meine Jacke gleich wieder anziehen, bevor die anderen kommen. Und dann habe ich auch noch vergessen, ein Deo zu benutzen. Ich werde in der Nähe der Blumen bleiben müssen, damit sie meinen Geruch überdecken. Es ist wirklich unglaublich, wie viel Wasser in meinem Körper ist. Ich bin der Brunnen im Lafontaine-Park.

Wir sind oft dorthin gegangen, sonntagnachmittags, wenn

wir nichts anderes zu tun hatten. Wir sind zehnmal um den See gelaufen, haben uns ins Gras gesetzt, du in die Sonne, ich in den Schatten, denn ich bekomme schon einen Sonnenbrand, wenn ich nur eine Sonne auf einer Werbung für eine Reise in den Süden sehe. Du hast immer glücklich ausgesehen, wenn du nur träge dagelegen hast. Wir haben uns im Gras gewälzt und uns die Zeit mit unserem Lieblingsspiel vertrieben: sich über andere Leute lustig machen.

Uns fiel immer auf, wenn mit den Leuten, die an uns vorbeikamen, irgendetwas nicht stimmte: Haare, die einem alten Mann aus den Ohren wuchsen, der Slip, der sich durch die zu enge Hose eines Mädchens abzeichnete, der Gang und die leicht nach innen gestellten Füße eines Strichjungen, der Lippenstift eines überschminkten Muttchens. Wir fanden die Leute nicht trist, sondern komisch. Alles in allem war das Leben ein Spiel.

Warum ist das heute nicht mehr so? Warum nicht noch spielen?

Das Leben ist hart, grausam, ernst und so weiter und so fort, aber ich bin nicht dafür verantwortlich! Es ist nicht meine Schuld, dass ich in Nordamerika auf die Welt gekommen bin, und ich sehe nicht ein, dass ich ein schlechtes Gewissen haben soll, nur weil ich dreimal am Tag esse. Warum sollte ich unglücklich sein? Im Gegenteil, ich habe allen Grund, mich zu freuen! Ich weigere mich, die Last der Welt zu tragen. Das überlasse ich dir, weil es dir so viel Freude macht.

Ich werde weiter stundenlang an meinem Computer spielen, auch wenn ich meine Zeit auf Nutzbringenderes verwenden könnte. Ich werde weiter in China hergestellte T-Shirts kaufen, auch wenn dort die Menschenrechte verletzt werden, und Gemüse aus den USA essen, auch wenn dort die neu eingewanderten und die illegalen Arbeitskräfte ausgebeutet werden. Ich kann dir die Vorwürfe vom Gesicht ablesen. Du siehst aus, als wolltest du zu mir sagen: »Schämst du dich nicht, so zu reden?« Ich weiß es nicht. Aber ich weiß, dass dich das provoziert. Und in der Regel reagierst du heftig. Du gehst gleich an die Decke, baust dich dann vor dem Einfaltspinsel auf, der es wagt, solche Torheiten von sich zu geben und dir die Stirn zu bieten. Du sagst ihm gründlich die Meinung, selbst wenn du ihn kaum kennst. Und du triffst immer ins Schwarze.

Du liest in den Herzen der Menschen und findest immer die hässlichen Seiten. Du suchst nie nach dem Guten. Du bist hart, böse, negativ, nervig, überheblich. Bitte, erklär mir endlich, warum ich dich liebe!

Im Grunde bist du es wirklich nicht wert. Eine Lügnerin lieben heißt, sich ganz schön unter Wert verkaufen.

Jetzt, in diesem Moment, erkenne ich, warum du so verlogen bist. Du machst dir selbst so viel vor, dass es dich nicht im Geringsten stört, auch anderen etwas vorzumachen. Ich frage mich, ob dir bewusst ist, dass du lügst. Dass du lügst, wenn du einem Jungen sagst, dass du ihn liebst. Dass du lügst, wenn du der ganzen Menschheit sagst, dass du sie liebst. Dass du lügst, wenn du allen sagst, dass es dir gut geht. Dass du lügst, wenn du sagst, dass du deine Mutter hasst. Dass du lügst, wenn du sagst, dass du keinen Menschen auf der Welt beneidest. Wann lügst du eigentlich nicht? Einzig und allein, wenn du lächelst!

Denn ein Lächeln wie deines ist ein wahrer Schatz. Eine irre Freude für den, der dich ansieht. Es ist wie ein Strahl kühlen Quellwassers, das zwischen zwei Felsblöcken hervorsprudelt. Wie Kerzenschein im Weihnachtsbaum, wie ein Herdfeuer, wie ein Herbstabend auf dem Land, wie ein Karamellbonbon meiner Großmutter.

Und wenn dein Lächeln zum Lachen wird, wird es zum Mobile, das ein leichter Wind zum Klingen bringt, zum Glöckchen am Hals einer Katze, die sich im Sand wälzt, zu dem Gezwitscher dreier Spatzen, die sich an einem Wintermorgen in der Sonne wärmen, wird es zu der Musik, die ich komponieren würde, wenn ich Musiker wäre.

Du müsstest dich mit meinen Augen sehen, Alice.

Ich gebe mir alle Mühe, dich zu beschimpfen, aber es funktioniert nicht. Ich bin maßlos zornig auf dich, ich explodiere, und dann halte ich plötzlich inne, denn ich kann dich einfach nicht hassen. Es wäre so viel einfacher, wenn ich es könnte.

Wenn jemandem ein Unglück geschieht, den man hasst, lebt man trotzdem weiter. Man sagt: »Schade um ihn«, selbst wenn man im Grunde meint, dass ihm Recht geschieht. Und man vergisst ihn sofort, als wenn man ihn nie gekannt hätte.

Wenn aber jemandem ein Unglück geschieht, den man liebt, möchte man an seiner Stelle sein. Obwohl ich dir gestehen muss, Alice, dass ich wahrhaftig nicht an deiner Stelle sein möchte.

Teufel auch! Jetzt reicht es! Was bringt es, dass ich dir das alles sage? Ich rede mir hier den Mund fusselig. Ich frage mich, ob ich zu dir oder zu mir spreche. Ich sehe aus wie ein echter Irrer, auch wenn mich im Moment niemand sieht. Ich finde mich lächerlich.

Ich sollte während der restlichen fünfzehn Minuten besser schweigen, statt dir einfach irgendetwas zu erzählen, statt mich über das Leben, die Liebe, die Zukunft, die Schule, über Kindheitserinnerungen auszulassen.

Ausgerechnet Kindheitserinnerungen! Als ob ich ein alter Mann wäre, der keine Zukunft mehr hat und nur noch zurückschauen kann.

Die Schule: Gibt es ein geistloseres Thema? Zumal zu diesem Zeitpunkt. Nicht gerade sehr originell, dein Freund Mathieu.

Die Zukunft: Sie interessiert dich nicht einmal!

Die Liebe: Auf diesem Gebiet kennst du dich nicht besser aus als ich.

Das Leben: Was soll's!

Ich habe gerade eine Dreiviertelstunde vertan.

Es wäre besser gewesen, ich hätte mit dir über meine üblichen Themen gesprochen. Mit dir ein Gespräch über dies und jenes geführt, als ob nichts wäre. Als ob das Leben normal weiterginge. Als ob sich nichts geändert hätte. Das wäre dir sicher lieber gewesen.

Ich werde dir den Film erzählen, den ich gerade gesehen habe, als deine Mutter anrief. Du hattest es immer gern, wenn ich dir die Filme erzählte, die ich gesehen hatte.

Die Geschichte spielt in einem kleinen Dorf, irgendwo in England. Es regnet, es ist Abend. Im Pub ist Licht, und als ein Mann die Tür aufmacht, hört man das schallende Gelächter der Trinker, die ihr Quantum Bier schon intus haben. Ein sehr junger Mann tritt ein, ein Fremder. Der In-

begriff eines schönen jungen Mannes. Schweigen. Er fragt die Frau an der Theke, wo er ein Zimmer für die Nacht haben kann. Sie antwortet: »Hier.« Ihre Tochter, die an den Tischen bedient, starrt den jungen Mann an.
Kaum hat er ausgepackt, lässt er sich einen Tee heraufbringen. Und die Wirtin des Pub findet ihn tot auf, ermordet. Der Polizeiinspektor, der gerade bei einem Whisky saß, verbietet allen zu gehen.
Die Untersuchung beginnt. Obwohl es alle abstreiten, irgendeiner kannte den Mann. Einer, der es eilig hatte, ihn zu töten. Wer? Mit welchem Motiv?
Alle werden vernommen. Es wird eine lange Nacht. Die Gesichter sind müde, die Luft ist verbraucht. Der Inspektor gewinnt schnell den Eindruck, dass alle lügen. Dass das ganze Dorf etwas zu verbergen hat.
Erster Paukenschlag: Aus Papieren, die im Zimmer des jungen Mannes gefunden werden, geht hervor, dass er der Bruder der jungen Kellnerin ist, das heißt der Sohn der Wirtin.
Zweiter Paukenschlag: Der Mann der Wirtin wusste nicht Bescheid. Das Kind war in dem Jahr zur Welt gekommen, als er in Indien gearbeitet hatte. Er war also nicht der Vater und die Mutter hatte den Jungen zur Adoption weggegeben.
Dritter Paukenschlag: Die Kellnerin hatte den jungen Mann vor einem Monat kennen gelernt und sich in ihn verliebt, natürlich ohne zu wissen, dass er ihr Halbbruder war. Als sie es erfährt, bricht sie, wie du dir gut vorstellen kannst, in Tränen aus.
Vierter Paukenschlag: Der Vater des Toten ist in Wirklichkeit der Lord der Region. Ein reicher Lord. Der den Eigen-

tümern des Pub immer großzügige Geschenke hatte zukommen lassen.
Aber: bis hierhin kein Motiv.
Kannst du mir folgen?
An ebendiesem Abend ist auch der alte Burns im Pub, ein armer Teufel, der – soweit man sich im Dorf erinnert – zum ersten Mal Geld hat, um seine Zeche zu bezahlen. Natürlich verdächtigt man ihn des Diebstahls. Er geht zur Toilette. Er muss dringend, denn er hat mindestens fünf große Biere getrunken. Da er nicht zurückkommt, sucht man nach ihm. Er wird gefunden: Er ist tot.
Der Mörder ist also noch im Pub.
In diesem Augenblick hörte ich ganz leise das Telefon klingeln.
Normalerweise stürze ich zum Telefon, wenn es klingelt, denn in zwei von drei Fällen gelten die Anrufe mir. Aber der Film hatte mich zu sehr in seinen Bann gezogen. Wenn dir auch nur eine Minute eines Krimis entgeht, läufst du Gefahr, später nichts mehr zu verstehen, weil du die Enthüllung oder den entscheidenden Hinweis verpasst hast.
Da meine Mutter mich nicht ans Telefon holte, beschloss ich, dass der Anruf für sie war.
Dem Inspektor ging es vor allem darum, einen weiteren Mord zu verhindern. Er tappte im Dunkeln. Für einen Inspektor gibt es nichts Schlimmeres als einen Todesfall, den er nicht versteht.
In diesem Augenblick kam meine Mutter ins Wohnzimmer.
– Mathieu, ich muss dir etwas sagen.
Sie sah ernst aus, aber ich achtete nicht darauf, denn es

wurde gerade spannend. Jetzt war von radioaktiven Abfällen die Rede.
– Mathieu, ich habe dir etwas Wichtiges zu sagen.
– Gleich, der Film dauert nur noch eine Dreiviertelstunde!
Es hatte mit Sicherheit Zeit. Nichts ist so wichtig im Leben, als dass es nicht bis zur Auflösung eines Krimis Zeit hätte, bis zur Enthüllung des Namens des Schuldigen.
Nichts, rein gar nichts, bis auf das, was meine Mutter mir dann mitteilen sollte. Sie drehte den Ton des Fernsehers ab. Natürlich protestierte ich.
– Mein Film! Was machst du da?
– Alice ist tot.
So was Dummes.
Ich gab vor, nicht verstanden zu haben, und bat sie, ihre Worte noch einmal zu wiederholen. In meinem Kopf schien eine Wand zu sein, die die Worte daran hinderte, bis zu meinem Hirn vorzudringen. Aber die Worte waren stärker.
Eine Minute lang verharrte ich bewegungslos, dann war ich wieder da. Meine Mutter kam vorsichtig näher. Ich reagierte nicht. Aber sie weiß genau: Wenn ich nicht reagiere, ist das schlimmer, als wenn es aus mir herausbricht. Weil das bedeutet, dass ich im Innersten getroffen bin, dass der Schmerz, der kommen wird, für meinen Körper zu groß ist. Schließlich sagte ich irgendetwas Albernes wie:
– Das kann nicht wahr sein … nicht Alice …
Aber damit wollte ich nur einen Vorsprung vor der Wirklichkeit gewinnen. Der dummen und brutalen Wirklichkeit.
Einen kurzen Moment dachte ich: »Das macht sie be-

stimmt absichtlich, ausgerechnet mitten in meinem Film zu sterben! Ich werde nicht erfahren, wer die Tat begangen hat und warum.«
Voll daneben, oder?
Ich hatte dich mittags gesehen. Zehn Stunden später warst du tot. Mein Verstand weigerte sich, den Sprung zu wagen, mir die Wahrheit einzugestehen. Der fünfte Paukenschlag an diesem Abend. Der schlimmste!
Ich sah die Bilder des Films ohne Ton ablaufen, sah das junge Mädchen vor dem Inspektor weinen. Meine Mutter nahm meinen Arm, drückte ihn fest. Sie sagte nichts.
– Hatte sie einen Unfall?
Die Frage lag auf der Hand.
Meine Mutter ließ mich los. Sie rieb ihre Hände aneinander, drehte ihren Ehering, den sie immer noch trägt – wie sie es meist tut, wenn sie nach Worten sucht.
– Sie ist ums Leben gekommen.
– Ja, aber wie? Wurde sie von einem Lastwagen angefahren? Ist sie ausgerutscht und hat sich auf dem Eis den Schädel gebrochen? Das will ich wissen!
Ich fing an, mich aufzuregen, meine Mutter behielt die Ruhe.
– Es war kein Unfall, Mathieu. Sie hat Selbstmord begangen.
Sechster Paukenschlag. Ich dachte nicht, dass es Schlimmeres geben könnte, als zu wissen, dass du tot bist. Aber es gab Schlimmeres.
Für ein paar Sekunden blickte ich ins Leere. Meine Augen bewegten sich hin und her, gingen in alle Richtungen, aber ich sah nichts wirklich an. Vielleicht versuchte ich, durch

das Unsichtbare hindurch zu sehen, was ich in der Wirklichkeit nicht hatte erkennen können.
Dann öffneten sich die Schleusen.
Ich weinte in den Armen meiner Mutter wie als Kind. Als ob ich sicher wäre, dass ich nur noch weinen würde.

Du hast deinen Abgang wirklich nicht verpasst.
Da kommt ein riesiger weißer Lilienstrauß.
»DIE LEITUNG DES COLLÈGE IN X«
Man muss tot sein, um von diesen Leuten etwas geschenkt zu bekommen.

Dreizehn Uhr fünfzig

Der Tod

Die Zeit ist fast abgelaufen. Theoretisch bleiben mir noch zehn Minuten mit dir allein, aber einige werden sicherlich schon etwas früher kommen, so in fünf Minuten.

Ist dir aufgefallen, dass ich im Präsens mit dir rede, als ob du noch lebst? Als ob du, in deinem Sarg liegend, noch einmal eine Rolle spielst, eine stumme Rolle. Aber ich muss mich wohl mit dem Gedanken vertraut machen…

Erst jetzt begreife ich langsam, dass du mir nicht antworten wirst. Und doch warte ich jedes Mal, wenn ich dich ansehe, sehnsüchtig darauf, dass sich plötzlich Leben auf deinem Gesicht zeigt. Dass du die Augen zusammenkneifst, dein Kinn zittert, sich deine Brust zum Atmen leicht hebt.

Vielleicht öffnest du gleich die Augen, fängst an zu lachen, und es stellt sich heraus, dass du nicht wirklich tot bist, sondern nur scheintot warst. Du würdest gerade noch rechtzeitig aufwachen.

Vielleicht hast du das alles nur inszeniert, um in Erfahrung zu bringen, was die Leute von dir denken, ob sie dich lieben, ob sie an dir hängen. Und nachdem du sie alle hast weinen sehen, stehst du auf, begrüßt sie und bedankst dich bei ihnen, bereit, noch eine Zeit lang weiterzumachen, weil all die Liebe und Zuneigung dir wieder Kraft gegeben haben.

Ich bin sicher, du hast dir das heutige Schauspiel etliche Male vorgestellt. Den Schmerz der Leute, ihre Tränen, ihre entsetzten Gesichter. Du hast sie alle an deinem Grab stehen sehen, fassungslos, aufs Tiefste getroffen. Du hast dich für einen Tag als Königin gesehen, die von ihren Untertanen beweint wird. Und dann? Die Einzige, die bei deiner schönen Aufführung fehlt, bist du.

Weil du nämlich nicht aufwachen wirst. Du kannst nicht, weil man dich ausgenommen und einbalsamiert hat. Du bist tot, ganz, total tot.

Trotzdem glaube ich, dass du mich hörst, wo immer du auch sein magst. Dein Geist umschwebt mich, ich spüre ihn. Ich schließe die Augen und sehe, wie du in diesem großen Raum umherfliegst. Deine schönen, wehenden Haare umspielen dein Gesicht, deinen Körper wie ein Rauchschleier. Du sitzt auf einer Wolke. Du zeigst keinerlei Gefühle. Bereust du es, Alice?

Jetzt ist es kalt hier.

Weißt du, wenn du einen Unfall gehabt hättest, wäre ich unendlich traurig gewesen und hätte das Leben entsetzlich ungerecht gefunden. Aber es war deine Entscheidung zu sterben. Unendlich traurig bin ich jetzt trotzdem, aber ich finde das Leben nicht ungerecht. Ich finde es abscheulich, widerlich, verdorben. Weil es dich nicht hat festhalten können, weil es seine Arbeit nicht getan hat.

Das Leben hätte dich davon überzeugen müssen, dass es lebenswert ist, aber das hat es nicht getan. Ein schlagender Beweis für seine Unfähigkeit. Unglücklicherweise gibt es keinen, der für dieses Leben einspringen könnte, wenn es krank oder ausgebrannt ist.

Aber trotz alledem, du hättest stärker sein können als das Leben. Denn jetzt bist du keinen Schritt weiter. Zugestanden, du hast alle zum Weinen gebracht. Du wirst zufrieden sein, aber was ist nun? Wenn du heute Nachmittag eingeäschert bist, geht das Leben für alle weiter. Außer für dich. Du tust mir Leid.

Ich kann nicht glauben, dass mir das Wort »eingeäschert« über die Lippen gekommen ist. Es jagt mir Schauer über den Rücken. Ich will mir nicht eingestehen, dass das mit dir geschieht.

Als Erstes werden deine schönen Haare in Rauch aufgehen. Haare verbrennen im Nu. Dann ist der Rest dran, bis von dir nur noch ein bisschen Staub und eine Erinnerung übrig sind. Ich bin sicher, dass du diese Szene nicht vor Augen hattest. Aber so wird es ablaufen, Alice.

Nichts wird übrig bleiben. Verstehst du, was das bedeutet, nichts? Nicht nur dein Lebensüberdruss verschwindet, du auch! Hast du das bedacht?

Du bist nicht in einem Film, meine Liebe, du bist im wirklichen Leben. Und im wirklichen Leben sehen wir die kleine Urne mit unserer Asche nicht. Wir sehen nichts, wir riechen nichts. Du hast sicher noch nicht einmal das Gefühl gehabt, von einer Last befreit zu sein, wie du gehofft hattest, denn du hast keine Empfindungen mehr! Du hast nichts mehr. Was bringt dir denn das alles nun?

Nein, du hattest nicht das Recht, das zu tun! Dir das anzutun! Mir das anzutun! So viel Leid für nichts? Um zu nichts zu werden? Damit nichts übrig bleibt? Ich hielt dich für intelligent. Nun erkenne ich, dass du überschätzt wurdest. Du hast dich auf sehr theatralische Art umgebracht: Du hast dir die Pulsadern aufgeschnitten. Du hast dich wohl für sehr mutig gehalten. Aber du bist feige, Alice. Feige und grausam. Madame begehen zu Hause Selbstmord, als alle für einige Stunden weggegangen sind: deine Eltern ins Restaurant und dann ins Kabarett, deine Schwester zu einer Freundin, um mit ihr zusammen zu lernen. Wahrlich eine schöne Rückkehr!

Du hättest es woanders machen können, egal wo. In einer kleinen Gasse vielleicht. Aber nein, du musstest es in deinem Bett tun. Deine Mutter steht immer noch unter dem Schock. Dein Vater wird wohl auch nicht gerade in glänzender Verfassung sein. Auch ich stehe noch unter dem Schock. Ich bin jung, ich werde mich davon erholen. Aber sie? Hast du sie so gehasst, dass du als Erinnerung Bilder hinterlassen musstest, die sie in ihren Alpträumen bis ans Ende ihres Lebens verfolgen werden?

Deinen Schmerz, von dem du dich befreit hast, hast du einfach den anderen aufgebürdet. In schlimmerer Form. Im Grunde war es vielleicht richtig von dir zu sterben. Wenn man grausam ist, wie du es gewesen bist – sicher unbewusst, im Zweifelsfall entscheide ich zu deinen Gunsten, weil das Ganze sonst zu abstoßend wäre –, wenn man zu einer solchen Grausamkeit fähig ist: Gott weiß, wozu du, wenn du weitergelebt hättest, in der Lage gewesen wärest. Findest du es böse, was ich da sage? Du musst wissen, ich meine es auch so. Aus mir sprechen nicht die Gefühle. Mein Verstand gewinnt langsam wieder die Oberhand und ich habe in meinem kurzen Leben noch nie etwas so Hässliches erlebt.

Es tut mir Leid, aber dein schöner Abgang ist weit weniger

romantisch, als du ihn dir mit Sicherheit gewünscht hast. Du hast alle völlig durcheinander gebracht. Ich wette, morgen wird im Collège ein Psychologe bereitstehen, der uns helfen soll zu verstehen, mit dem wir über unsere Gefühle sprechen können. Aber es gibt nichts mehr zu verstehen, du bist tot und damit Schluss. Das war es, was du wolltest, das ist deine Sache! Lass doch die Lebenden endlich in Ruhe!
Du hast dich entschieden, du hattest das Recht dazu. Aber ich meine, du hast deine Entscheidung zu schnell getroffen. Du glaubtest, alt genug zu sein, nicht darüber sprechen zu müssen, nicht einmal mit mir, und du hast dich da hineingestürzt wie in einen Abgrund. Aber es war kein Bungeejumping. Es gab nichts, was dich auffangen konnte. Hast du gehofft, dass man dich findet, bevor du stirbst? Das könnte gut sein. Du wusstest, dass deine Eltern nach Hause kommen würden. Vielleicht hast du geglaubt, es dauere viel länger, bis alles Blut aus deinem Körper herausgeflossen ist.
Vielleicht war es einfach ein Schrei nach Hilfe...
Als sie nach Hause kamen, war es zu spät. Du hattest die Zeit entweder sehr gut oder sehr schlecht berechnet. Wir werden es nie wissen.
Aber wenn es ein Schrei war, warum hast du es dann nicht so eingerichtet, dass ich ihn höre? Ich hätte doch etwas tun können, was weiß ich, die ganze Zeit bei dir bleiben, dir Geschichten erzählen, dich ein bisschen zum Lachen bringen, irgendetwas, um dich auf andere Ideen zu bringen, bis du nicht mehr daran denkst.
Vielleicht wäre es schnell gegangen, vielleicht hätten schon

zwei Tage gereicht, um dich wieder auf die Beine zu bringen, dir die Lebensfreude zurückzugeben. Vielleicht war es nur eine vorübergehende Depression... Aber weil du immer bei allem Erfolg hattest, ist dir auch das geglückt. Aber vielleicht wolltest du das in Wirklichkeit ja gar nicht... Ich würde gern an einen Fehler glauben, einen einfachen Rechenfehler.

Ich würde auch gern an die Reinkarnation glauben. Damit ich mir sagen kann: Sie wird wiederkommen, anders, aber sie wird wiederkommen. Ich weiß nicht, wo in der Welt, in welchem Land, mit welcher Hautfarbe, welchem Geschlecht, aber sie wird wiederkommen. Und eines Tages wird auf einer meiner Reisen ein kleines Mädchen mit deinem Lächeln vertrauensvoll auf mich zukommen, als ob es mich schon immer kennen würde.

Es sei denn, du würdest als Tier wiedergeboren werden, als kleiner Hund mit seidigem Fell, als Giraffe mit sanften Augen, als Blauwal oder auch als Pinguin. Das wäre gut, denn du würdest nicht an Selbstmord denken. Du würdest nur an Fressen und Paarung denken, an nichts anderes.

Ich jedenfalls würde gerne als Pferd wiedergeboren werden. Als galoppierendes Pferd. Mit im Wind flatternder Mähne, sicherem Tritt, ein Wildpferd inmitten einer stolzen Herde im weiten Grasland des Westens. Doch das habe ich dir ja schon erzählt.

Aber um als Pferd wiedergeboren zu werden, müsste ich sterben. Und ich will nicht sterben.

Sag, warum ausgerechnet gestern?

Was ist gestern geschehen, dass du dir gesagt hast: »Ich könnte mir doch heute Abend die Pulsadern aufschnei-

den? Das wäre doch ein guter Abend dafür.« Was hat dich dazu gebracht zu handeln?
Wir haben alle schon irgendwann einmal daran gedacht, uns umzubringen. Oh ja! Auch ich, wenn du es wissen willst. Du bist überrascht, oder? Auch ich bin manchmal niedergeschlagen und traurig und deprimiert, sehe nur schwarz, glaube an nichts mehr… Und wenn ich dir seit heute Mittag alles Mögliche vom Leben erzähle, heißt das noch lange nicht, dass ich immer ein hoffnungslos glücklicher Mensch bin. Auch ich bin manchmal verzweifelt. Ich bin wie alle anderen.

Ich habe mir oft vorgestellt, tot zu sein. Tot durch Abgasvergiftung im Auto oder durch Medikamentenvergiftung, nichts zu Gewalttätiges, nicht zu viel Blut, sonst würde ich in Ohnmacht fallen. Mir wird dann jedes Mal sofort ganz schlecht. Als ob mir, nachdem ich alle um mich herum hatte weinen sehen, auf einen Schlag klar würde, dass es wahr sein könnte. Ich sehe mich tot und das missfällt mir: Mir wird übel.
Und ganz schnell verscheuche ich dann diese Bilder aus meinem Kopf. Denn ich habe Angst, dass sie Wirklichkeit werden.
Kann es sein, dass eine Idee sich plötzlich verselbstständigt und so präsent und real wird, dass man sie verwirklichen muss? Dass sie Gewalt über uns gewinnt?
Ist es bei dir so abgelaufen? Hast du dir deinen Tod so oft vorgestellt, dass er dich schließlich vollständig beherrscht hat? Dass er allen Raum in dir eingenommen und alles verdrängt hat, was dir an Lebensfreude geblieben war?

Ich bin sicher, dass es so war. Deine schauerlichen Träume haben dich am Ende vollständig in ihren Bann gezogen. Die Entscheidung lag nicht bei dir. Sie hatten dich in der Hand.

Aber warum gestern? Hast du etwas gelesen oder gehört, was alles ausgelöst hat? Sicher etwas ganz Idiotisches. Der Tropfen, der das Fass zum Überlaufen bringt, wie man sagt. Wenn es tatsächlich etwas ist, was du gelesen oder gehört hast, ein Roman, in dem sich ein Mädchen oder ein Junge umbringt, oder ein Lied, das die Schönheit des Todes besingt, dann lass dir von mir sagen, dass du für ein Mädchen, das als unabhängig gilt, enorm beeinflussbar bist. Denn wenn jemand vom Tod spricht, weiß er nicht, wovon er spricht. Er denkt es sich einfach aus. Wenn er tot wäre, könnte er nicht darüber sprechen. Es ist dummes Gerede, und ich wundere mich, dass ein intelligentes Mädchen wie du darauf hereinfällt.

Weißt du nicht, dass man nie glauben soll, was in Romanen steht? Oder in Liedern oder in Gedichten? Dass es nur Geschichten sind? Dass es nicht wahr ist?

Wahr ist, dass du tot daliegst. Ein Baum ohne Blätter, ein überfahrener Waschbär auf der Autobahn, ein Frosch in Formalin. Wenn du dich sehen würdest, wärest du nicht gerade sehr zufrieden.

Eins ist doch sonnenklar: Wenn ein anderes Mädchen hier läge, würde dein Urteil hart ausfallen. Du würdest sie dumm, feige, lasch nennen, aber du wärest so großmütig zu sagen, dass du Schwäche und Verzweiflung verstehst. Das wäre nicht wahr, aber du würdest es trotzdem sagen.

Du würdest sogar so weit gehen, sie vor denen in Schutz zu

nehmen, die zu beschränkt sind, um zu akzeptieren, dass jeder das Recht hat, den Zeitpunkt seines Todes selbst zu bestimmen. Du hättest die Seelengröße derer, die glauben, über allem zu stehen. Aber für schwach würdest du sie trotzdem halten.

Was bringt es, sich das alles vorzustellen, was bringt es, dass ich mir all diese Geschichten erzähle? Du bist es, die hier liegt. Ich werde dich nie für das, was du getan hast, verachten, aber an manchen Tagen werde ich dich zutiefst hassen, lass dir das gesagt sein.

Und wer weiß? Vielleicht werde ich es schaffen, dich zu vergessen, mich nicht einmal mehr an deinen Namen erinnern.

Vielleicht lege ich die Fotos, die ich mitgebracht habe, einfach in dein Grab, damit sie mit dir verschwinden.

Vielleicht habe ich später so viel zu tun, dass ich überhaupt keine Zeit mehr habe, um an dich zu denken. Vielleicht liebe ich jemanden so sehr, dass sich, wenn ich an dich denke, das Gesicht meiner Geliebten vor deins schiebt, bis ich mich eines Tages nicht einmal mehr an dein Gesicht erinnern kann.

Vielleicht lasse ich mich in Hypnose versetzen, um alles zu vergessen: die Nachmittage in deinem Schwimmbad mit dem eingelassenen Becken, den Wäschetrockner, all die Nächte, die wir zusammen geschlafen haben, das eine Mal, als ich dachte, du liebst mich, weil du mich so wundervoll geküsst hast.

Vielleicht spreche ich nie mehr mit denen, die dich gekannt haben, weil ich nicht will, dass sie über dich reden, im Guten oder im Bösen.

Vielleicht werfe ich alles in den Mülleimer, was ich von dir habe. Ein Buch, eine Schallplatte, ein Lesezeichen, den Kieselstein, den du auf einer Reise mit deinen Eltern am Strand aufgelesen hast, die hässliche Muschel, die du mir vom Sankt-Lorenz-Strom stromabwärts von Quebec mitgebracht hast, die Postkarte, die du an der Straßenecke gekauft hast, weil sie dir gefiel. Vielleicht werfe ich das vierblättrige Kleeblatt in dein Grab.

Ich denke, ich werde es tun. Es ist mein Blumenstrauß. Ich bin sicher, dass dir das gefällt. Ich gebe es dir, damit es dir im Jenseits Glück bringt, wohin auch immer du gehst, selbst wenn du nirgendwohin gehst.

Ansonsten werde ich nichts von dem tun, was ich gerade gesagt habe. Ich würde nur viel Zeit und Energie dabei vergeuden. Weil ich dich nie vergessen kann.

Weil ich dich nie vergessen will.

Und weil ich nie ein Mädchen so lieben werde, wie ich dich liebe, Alice.

Es ist so weit, ich fange an zu weinen. Und ich höre, wie die Tür geöffnet wird. Alle kommen, die, die dich geliebt haben, und die, die nur neugierig sind.

Vierzehn Uhr zehn

Nach dem Tod

– Warum redest du mit niemandem, Mathieu?
– Alice?!
Einen kurzen Augenblick glaubte ich, dass du endlich mit mir sprichst. Aber es war deine Schwester, die mir auf die Schulter klopfte. Vielmehr mich leicht an der Schulter berührte, wie einen Schwerverletzten.
Das ganze Collège ist da, deine Familie, meine. Meine Eltern haben einen halben Tag Urlaub genommen, um dich zu sehen. Nein, um mich zu sehen, um da zu sein, falls ich zusammenbreche, um ihren Sohn zu beschützen und ihn über den Tod des Mädchens zu trösten, das er über alles geliebt hat.
Ich will mit niemandem reden. Als ob ich, ganz allein in meiner Ecke, immer noch auf ein Wunder hoffte: dass du aufstehst und auf mich zukommst und nur ich dich sehe. Dass du mit mir sprichst, mir erklärst, was ich wohl niemals verstehen werde. Aber das kannst du nicht, denn du weißt selbst nicht, warum du dich umgebracht hast.
Du hattest keine schrecklichen Geheimnisse tief in dir vergraben, denn von allen Dramen deines Leben hast du mir erzählt. Zwar gab es Zeiten, wo du glaubtest, ein Versager zu sein, unbedeutend und hässlich. Aber meistens warst du davon überzeugt, intelligent, schön, interessant zu sein.

Manchmal hast du ausgesehen, als wäre dir alles gleichgültig, als hättest du alle Hoffnung verloren und kein Vertrauen in die Menschen. Und dann wieder hast du mit solcher Leidenschaft über deine Verzweiflung gesprochen, dass du den Eindruck erweckt hast, intensiv zu leben.
Und ist es nicht so, dass man noch gerettet werden kann, solange man erklären kann, was einen unglücklich macht? Ich hätte merken müssen, dass es dir schlecht geht, weil du in der Tat von einem bestimmten Zeitpunkt an nichts mehr erklärt hast. Du hast dir nicht mehr die Mühe gemacht. Wahrscheinlich hattest du nichts zu erklären. Wenn man sich ausschweigt, dann wird es ernst, nicht wahr?
Es war bestimmt keine Sache des Vertrauens, aber du hattest mir nichts mehr zu sagen. Seit wann? Warum? Ich kann mir in den kommenden zehn Jahren noch so sehr den Kopf über diese Frage zerbrechen, es gibt wohl tausend Antworten und zugleich keine.
Es gibt da ein großes, schwarzes Loch.
Vielleicht hast du dich umgebracht, weil du schon eine ganze Weile tot warst.
Tot aus Angst.
Aus Angst, den Anforderungen nicht gewachsen zu sein.
Aus Angst, dein Leben in die Hand nehmen zu müssen.
Aus Angst, die Zukunft nicht meistern zu können.
Ja, schlimmer noch: Du warst überzeugt, es nicht zu können. Angst reicht nicht, um sich zu töten. Es muss schon mehr sein! Man muss sich sicher sein, dass man niemals etwas erreichen wird.
Ich verspreche dir etwas, Alice. Ich höre auf zu weinen, sagen wir in ein paar Tagen. Und dann werde ich so viel

wie möglich lachen. Vielleicht wirst du mich auf deiner Wolke hören und wissen, dass es für dich ist.
Es ist so weit. Alle treten an den Sarg. Gleich ist Schluss, für mich. Ich werde eine Strähne von meinen Haaren auf deine Hände legen. Mein letztes Geschenk.
Einige weinen, andere unterhalten sich leise. Ich verstehe sie kaum. Ich höre, wie mein Herz schlägt, und schließe die Augen. Ich bin sicher, wenn ich es mir nur fest genug wünsche, werde ich dich in den Lüften schweben sehen, wenn ich sie wieder öffne. Du wirst meine Hand nehmen und mich lächelnd küssen.

Sie haben deinen Sarg geschlossen. Alle gehen zum Friedhof. Ich werde nicht hingehen. Denn du wirst nicht da sein.
Du wirst bei mir sein.

Der Morgen danach
oder
wer ist dieser Typ?

Nina Schindler
Karlas Jacke
128 Seiten
XL 25059

Ein dröhnender Schädel, die vergangene Nacht nur ein verschwommenes Durcheinander und ein Unbekannter auf dem Kissen nebenan. Karla ist außer sich – und dreht durch, als Mr. Unbekannt verstohlen die Fliege macht: Der Typ hat ihre Jacke und darin steckt ein Liebesbrief an ihren Lehrer! Karla bleibt nur eines: die Suche nach ihrem Bettgefährten im Bremer Stadtdschungel. Himmel, was es für Typen gibt! Sie hat doch nicht etwa mit dem .... oder am Ende mit dem?

Junge Bücher mit Format
www.omnibus-verlag.de

Neun Geschichten von den kleinen großen Gefühlen

Robert Cormier
Gefühle sind immer dabei
208 Seiten
cbt 30007

Das aufregende Prickeln einer Umarmung, der bittere Geschmack von Abschied: Robert Cormier webt Selbsterlebtes in neun Geschichten und erzählt von Beziehungen zwischen Vätern, Töchtern und Söhnen, Geschwistern und Freunden – kurz, von Gefühlen, die zeitlos sind und nie altern. Denn eines steht fest: Liebeskummer ist und bleibt Liebeskummer, gestern wie heute.

Jede Geschichte mit einem vorangestellten Essay des Autors.

Der Taschenbuchverlag für Jugendliche
www.bertelsmann-jugendbuch.de

Gefährliches Spiel!
Ein Thriller

Robert Cormier
**Nachts,
wenn die Schatten fallen**
192 Seiten
cbt 30028

Dennys Vater soll Schuld an einem tragischen Unglück haben. Umzug folgt auf Umzug, Schulwechsel auf Schulwechsel, doch die Vergangenheit holt Denny und seine Familie überall in Drohbriefen, Fernsehberichten und Schlagzeilen ein. Seit einiger Zeit erhält Denny Anrufe von einer Unbekannten. Wider besseren Wissens lässt er sich auf die Gespräche mit der Frau ein, ohne zu ahnen, in welch gefährliches Spiel er sich verstrickt ...

Der Taschenbuchverlag für Jugendliche
www.bertelsmann-jugendbuch.de